Italian Short Stories for Beginners

Volume 1

10 EXCITING SHORT STORIES TO EASILY LEARN ITALIAN & IMPROVE YOUR VOCABULARY

TOURI

ISBN: 978-1-953149-38-1

CONTENTS

RESOURCES

TOURI.CO

Some of the best ways to become fluent in a new language is through repetition, memorization and conversation. If you'd like to practice your newly learned vocabulary, Touri offers live fun and immersive 1-on-1 online language lessons with native instructors at nearly anytime of the day. For more information go to <u>Touri.co</u> now.

FACEBOOK GROUP

Learn Spanish - Touri Language Learning

Learn French - Touri Language Learning

YOUTUBE
Touri Language Learning Channel

ANDROID APP
Learn Spanish App for Beginners

Free Audiobooks

Touri has partnered with AudiobookRocket.com!

If you love audiobooks, here is your opportunity to get the NEWEST audiobooks completely FREE!

Thrillers, Fantasy, Young Adult, Kids, African-American Fiction, Women's Fiction, Sci-Fi, Comedy, Classics and many more genres!

Visit AudiobookRocket.com!

BOOKS

ITALIAN

Conversational Italian Dialogues: 50 Italian Conversations and Short Stories

Italian Short Stories (Volume 1): 10 Exciting Short Stories to Easily Learn Italian & Improve Your Vocabulary

GERMAN

Conversational German Dialogues: 50 German Conversations and Short Stories

German Short Stories (Volume 1): 10 Exciting Short Stories to Easily Learn German & Improve Your Vocabulary

SPANISH

Conversational Spanish Dialogues: 50 Spanish Conversations and Short Stories

Spanish Short Stories (Volume 1): 10 Exciting Short Stories to Easily Learn Spanish & Improve Your Vocabulary

Spanish Short Stories (Volume 2): 10 Exciting Short Stories to Easily Learn Spanish & Improve Your Vocabulary

Intermediate Spanish Short Stories (Volume 1): 10 Amazing Short Tales to Learn Spanish & Quickly Grow Your Vocabulary the Fun Way!

Intermediate Spanish Short Stories (Volume 2): 10 Amazing Short Tales to Learn Spanish & Quickly Grow Your Vocabulary the Fun Way!

100 Days of Real World Spanish: Useful Words & Phrases for All Levels to Help You Become Fluent Faster

100 Day Medical Spanish Challenge: Daily List of Relevant Medical Spanish Words & Phrases to Help You Become Fluent

FRENCH

Conversational French Dialogues: 50 French Conversations and Short Stories

French Short Stories for Beginners (Volume 1): 10 Exciting Short Stories to Easily Learn French & Improve Your Vocabulary

French Short Stories for Beginners (Volume 2): 10 Exciting Short Stories to Easily Learn French & Improve Your Vocabulary

Intermediate French Short Stories (Volume 1): 10 Amazing Short Tales to Learn French & Quickly Grow Your Vocabulary the Fun Way!

ITALIAN

Conversational Italian Dialogues: 50 Italian Conversations and Short Stories

Italian Short Stories (Volume 1): 10 Exciting Short Stories to Easily Learn Italian & Improve Your Vocabulary

PORTUGUESE

Conversational Portuguese Dialogues: 50 Portuguese Conversations and Short Stories

ARABIC

Conversational Arabic Dialogues: 50 Arabic Conversations and Short Stories

RUSSIAN

Conversational Russian Dialogues: 50 Russian Conversations and Short Stories

CHINESE

Conversational Chinese Dialogues: 50 Chinese Conversations and Short Stories

WANT THE NEXT ITALIAN BOOK FOR FREE?

http://bit.ly/2JmvMaz-italian-ss-beg-vol1

Why We Wrote This Book

We realize how difficult it can be to learn a language. More often than not, learners do not know where to start and can easily feel overwhelmed at tackling a new language.

At Touri, we have identified a gap in the market for engaging, helpful and easy to read Italian stories for beginners. We believe it is much easier to understand words in context in story form as opposed to studying verb conjugations or learning the rules of the language. Don't get us wrong, understanding the construction of the language is important, but the more practical approach is to learn a basic subset of words that you as a learner can practice with today.

Our goal is for you to feel confident when speaking with native speakers, even if it's a few words. Focus on building a foundation of commonly used words and you'll be setting yourself up for long-term success.

How To Read This Book

Italian Short Stories for Beginners is filled with engaging stories, basic vocabulary and memorable characters that make learning Italian a breeze!

Each story has been written in with you the reader in mind. The best way to read this book is to:

a.) Read the story without worrying about completely understanding the story but making note of the vocabulary you do not understand.

b.) Using the two summaries, Italian and English provided after each story take the time to make sure that you got a full grasp of what happened. Doing this will help you with your comprehension skills.

c.) Go back through the story and read it again after having a better grasp of what happened. You may take a more concentrated approach to trying to understand everything, but it's not necessary.

d.) Sprinkled throughout each story you will also find vocabulary words in **bold**, with a translation of each of these words found at the end of the stories. This is also another great way for you to expand your vocabulary and start using them in sentences.

e.) We want you to get the most out of this book and learn as much as possible, which is why we have also included a list of multiple choice questions that will test your understanding and memory of the tale. The answers can be found on the following page.

f.) Most importantly, have fun while you're exploring a whole new world and learning Italian! We are so excited for the journey you're about to embark on!

Chapter 1. Il Ghiacciolo

Era il primo giorno delle **vacanze estive** e Maria era felicissima! Certo, avrebbe sentito la mancanza dei suoi **compagni di scuola**, ma allo stesso tempo non le dispiaceva l'idea di non doversi più svegliarsi la mattina e fare i **compiti** per un bel po'!

L'**estate** era iniziata e Maria ne stava approfittando visitando i **parco giochi** del suo quartiere. Era determinata a sfruttare ogni minuto, pensando di trascorrere più tempo possibile sull'**altalena** della sua area giochi preferita. Dopo tutto, dondolarsi e sognare di volare nel cielo come una **rondine** era il miglior modo per festeggiare la libertà ritrovata!

Ma prima era desiderosa di provare tutte le altre **giostre**! Iniziò con gli **scivoli**, visto che salirci quando il sole era già su e faceva troppo caldo non sarebbe stata una buona idea! Non voleva mica bruciarsi le gambe! Le piaceva vedere come i bambini di ogni età giocavano su quelle giostre. Anche se non conosceva nessuno, era contenta di stare lì in mezzo a quelle **liete** urla di gioia.

Poi andò a giocare con l'**arrampicata**. Sua mamma le diceva sempre di stare attenta quando era più piccola, ma adesso era più alta e sapeva che se fosse caduta non si sarebbe fatta male. A Maria piaceva pensare di essere uno **scoiattolo** o una **scimmia**, andando su e giù le sbarre di ferro e la cosa che la divertiva di più era aggrapparsi e pendere a testa in giù: il mondo sembrava molto più divertente **al contrario**!

Dopodiché, Maria scendeva per andare a giocare sugli scivoli! Anche se tutto quello scendere e salire sotto il sole **abbagliante** le faceva sentire caldo ancora di più! Quindi decideva di andare a prendere qualcosa di fresco recandosi al supermercato dietro l'angolo. Era molto intelligente a conservare metà della sua **paghetta** per momenti come questo! Suo padre le disse saggiamente di spenderne metà e tenere l'altra metà per momenti di necessità.

Dopo circa dieci minuti, lei era di nuovo pronta a giocare. Si **fiondò** sulle giostre, con un sacchetto di plastica che oscillava felicemente dalla sua mano, sorridendo al solo pensiero di assaggiare il suo contenuto. Si sedette su una panchina, dove erano sedute un'altra ragazzina della sua età e sua mamma, ed allungò la mano nel sacchetto per gustare la piacevole sorpresa.

Rabbrividì al pensiero della piacevole e fresca sensazione che il **ghiacciolo** alla fragola gli avrebbe dato e sorrise prima di scartarlo.

Proprio prima di dare il primo morso, notò con la **coda dell'occhio** che l'altra bambina la stava guardando. Ricordando quello che i genitori le avevano insegnato sulla generosità, **"condividere è vivere**, tesoro!", si voltò verso la bambina. "Ne vuoi un po'?" chiese sorridendole.

"No, grazie. Mia madre mi dice che ci si può ammalare mangiando il gelato degli altri" rispose la bambina esibendo un sorriso triste. "Non voglio trasmetterti i miei germi."

Maria **sogghignò**. "Mia mamma dice la stessa cosa. Non preoccuparti, possiamo condividerlo lo stesso" disse, separando i due bastoncini di legno che tenevano il ghiacciolo. "Visto? Ci sono due ghiaccioli. Ne puoi prendere uno, mentre io terrò l'altra metà!"

Il viso della bambina si illuminò e rispose con un grande sorriso. Guardò poi sua madre che **fece di sì con la testa**, accordando silenziosamente il permesso di accettare la metà del ghiacciolo.

"Allora grazie mille" disse la bambina, prendendo il gelato dalla mano di Maria.

"Prego! Io comunque sono Maria."

"Piacere di conoscerti, Maria. Io mi chiamo Sara"

Dopo essersi presentate, le due bambine si godettero il ghiacciolo e iniziarono a **chiacchierare**. Maria scoprì così che Sara si era trasferita da poco, che aveva la sua stessa età e che avrebbe studiato presso la sua stessa scuola **l'anno successivo**. Maria era molto contenta perché avrebbe avuto una compagna di giochi con cui passare il tempo durante l'estate e andare insieme a scuola.

"Ti piacerebbe giocare con me sull'altalena?" chiese Maria mentre gettava il sacchetto di plastica e la carta del gelato in un **cestino** lì vicino.

"Certo!" rispose Sara.

Le due bambine fecero a turno per spingersi e la mamma di Sara si offrì di spingere tutte e due per un po', permettendole di divertirsi insieme allo stesso tempo.

Quando si stancarono di giocare, la mamma di Sara comprò alle bambine dello zucchero filato prima di dividersi per tornare a casa. Ma prima si scambiarono gli **indirizzi** e una promessa per incontrarsi il giorno dopo al parco giochi.

La mamma di Sara le lasciò poi il suo numero su un **pezzo di carta** e disse a Maria di chiedere alla propria mamma di chiamarla, **cosicché** potessero fare un pigiama party insieme. Sara disse a Maria che le sarebbe piaciuto **giocare** in piscina e con il suo **cane** in giardino.

Maria si dimostrò entusiasta e disse che avrebbe chiesto alla mamma se potevano giocare sulla casa sull'albero che aveva fatto costruire in giardino. Sara sorrise e disse che le sarebbe piaciuto tantissimo.

Dopo essersi salutate, ognuno andò prese la strada verso casa. Maria non vedeva l'ora di raccontare alla mamma della sua nuova amica e di come condividere un ghiacciolo con un'estranea aveva **rallegrato la sua giornata**.

VOCABOLARIO

Vacanze estive - *Summer break*

Compagni di scuola - *Schoolmates*

Compiti - *Homework*

Estate - *Summer*

Parco giochi - *Playground*

Altalena - *Swings*

Rondine - *Swallow*

Giostra - *Merry-go-round*

Scivoli - Slides

Liete - *Cheerful*

Arrampicata - *Climbers*

Scoiattolo - *Squirrel*

Scimmia - *Monkey*

Al contrario - *Upside down*

Abbagliante – *Glaring*

Paghetta - *Allowance*

Fiondò - *She skipped all the way there*

Rabbrividì - *She shivered*

Ghiacciolo - *Popsicle*

Coda dell'occhio - *The corner of her eye*

Condividere - *To share*

Sogghignò - *She chuckled*

Fece di sì con la testa - *She nodded*

Chiacchierare - *To chat*

L'anno successivo - *Next year*

Sara si era trasferita da poco - *She moved recently (to her neighborhood)*

Cestino - *Bin*

Quando si stancarono di giocare - *When they got tired of playing*

Indirizzi – *Addresses*

Pezzo di carta - *Sheet of paper*

Cosicché - *So that*

Giocare - *To play (a game)*

Cane - *Dog*

Rallegrato la sua giornata - *It made her day*

RIASSUNTO

Il primo giorno d'estate era finalmente arrivato e Maria non poteva essere più felice. Sapeva che le sarebbero mancati i suoi amici ma era contenta perché non doveva più svegliarsi presto la mattina o fare i compiti. Trascorreva la maggior parte del suo tempo giocando da sola e al parco giochi del quartiere visto che non aveva amici. Era un caldo pomeriggio d'estate e Maria decise di andare a prendersi un delizio ghiacciolo per rinfrescarsi. Si sedette su una panchina vicino a una signora e a sua figlia. Maria voleva condividere il suo doppio ghiacciolo con la bambina, così lo divise e gliene diede metà. La bambina ne fu molto contenta. Da quel momento Maria trascorse il resto del giorno con la sua nuova amichetta, grazie ad una cosa che le avevano insegnato i suoi genitore: "condividere è vivere".

The first day of summer was finally here and Maria couldn't be happier. She knew she was going to miss her friends from school but was excited to not have to get up early in the morning or do homework for a while. She spent most of her time playing by herself and at the local playground as she had no friends. It was a hot summer day and Maria decided to get a delicious popsicle to cool herself down. As she sat down on the bench next to a mother and her daughter Maria offered to share her popsicle with the little girl. This wasn't any regular popsicle, it was a double popsicle. The girl was ecstatic. From that point on Maria made a new friend and spent the whole day together. She had learned one of the greatest lessons in life, "Sharing is caring."

QUESTIONS ABOUT THE STORY

1) Che gusto era il ghiacciolo di Maria?
- **A.** Melone
- **B.** Cioccolato
- **C.** Fragola
- **D.** Mirtilli

2) In che stagione dell'anno è ambientata la storia?
- **A.** Inverno
- **B.** Autunno
- **C.** Primavera
- **D.** Estate

3) Cosa compra la mamma di Sara alle bambine?
- **A.** Verdure al vapore
- **B.** Zucchero filato
- **C.** Biscotti
- **D.** Una lattina di aranciata

4) Per quando si danno appuntamento le bambine?
- **A.** Il sabato
- **B.** Tra una settimana
- **C.** Il giorno dopo
- **D.** Tra tre giorni

5) Da quanto tempo Sara vive nel quartiere?
- **A.** Si è appena trasferita
- **B.** 1 anno
- **C.** 5 anni
- **D.** Vive lì da sempre

QUESTIONS ABOUT THE STORY

1) What flavor was the popsicle that Maria had bought?

    A. Watermelon
    B. Chocolate
    C. Strawberry
    D. Blueberry

2) What season of the year was it in the story?

    A. Winter
    B. Fall
    C. Spring
    D. Summer

3) What did treat Sara's mother buy the girls?

    A. Steamed vegetables
    B. Cotton candy
    C. Cookies
    D. A can of soda

4) When did the girls promised to meet each other again?

    A. On Saturday
    B. In a week
    C. The next day
    D. In three days

5) How long has Sara been living in the neighborhood?

    A. She just moved there
    B. 1 year
    C. 5 years
    D. She's lived there forever

1. C
2. D
3. C
4. B
5. D

Chapter 2. Dal Dentista

Enrico fissò i suoi piedi penzolanti, tappandosi il naso per lo sgradevole odore di **prodotti chimici** che invasero la sala d'aspetto dello studio del dentista.

Sospirò sconsolato, alzando la testa verso sua madre per vedere se alla fine avrebbe ceduto ai suoi sguardi **supplichevoli** ma non otteneva nient'altro che un semplice sguardo di **compassione**.

"Andrà tutto bene, tesoro. È solo un controllo", disse lei cercando di calmarlo.

Enrico non disse niente e iniziò a guardarsi intorno. Quello che vedeva non aiutava certo a rilassarlo. C'erano dei bambini della sua età con i loro genitori. Una bambina si copriva la bocca con un **fazzoletto**, un altro stava piangendo silenziosamente e ce n'era un altro con la mascella così tanto gonfia che sembrava che stesse **masticando** una grossa **caramella**.

Ricordò la sua prima visita dal dentista. Il suo primo **dente da latte** continuava a muoversi rifiutando **testardamente** di cadere, così suo padre lo portò dal dentista per farglielo togliere visto che si intravedeva già il nuovo dente che avrebbe preso poi il posto di quello vecchio. Il dottore iniziò ad **armeggiare** intorno alla sua bocca con un **bastoncino di metallo** facendogli domande a cui lui non poteva rispondere, soprattutto perché la mano del dottore era ancora dentro la sua piccola bocca. Allora, come se non fosse stato abbastanza, il dottore gli spruzzò qualcosa che gli fece addormentare le labbra, così da poter **estrarre il dente** con le dita. Non gli fece male, ma Enrico avrebbe preferito un **cenno** prima di tirarlo via. Dopo quell'episodio i suoi denti caddero normalmente ed iniziò a lavarli **accuratamente** dopo aver mangiato per evitare spiacevoli visite dal dentista, ma eccolo di nuovo lì.

Il rumore acuto del **trapano** lo fece **sobbalzare** della sedia, interrompendo il flusso dei suoi pensieri. Ricordò poi quello che i suoi amici gli avevano detto. Adam lo avvertì che il dentista avrebbe punto le sue gengive con un **ago** per non fargli sentire dolore. Disse che dopo avrebbe iniziato a sentire la sua bocca **intorpidirsi** e poi il dentista avrebbe usato un trapano o delle **pinze**.

Enrico si ricordò del trapano e delle pinze che suo padre **custodiva** nella cassetta degli attrezzi; non credeva che sarebbero riusciti ad entrare nella bocca di qualcuno, tantomeno nella sua!

Ancora una volta fu distolto dai suoi pensieri quando l'assistente chiamò il suo nome e disse alla mamma che era arrivato il loro turno. **Si alzò tremando**, tenne forte la mano della madre e si incamminò con lei verso la stanza posta alla fine del corridoio.

"Ciao. Tu devi essere Enrico! Sono il dottor Sandri" **esordì** un uomo con addosso un camice bianco.

"Ciao, dottore", rispose timidamente lui.

Enrico e sua madre si sedettero alla scrivania di fronte al dottore, che iniziò a parlare con lei della "storia medica" di Enrico, qualunque cosa sia. Dopo pochi minuti, il dottore gli chiese di mettersi sulla **poltrona da dentista**. Era la stessa su cui si sedette quando andò dall'altro dentista pochi anni prima.

"Vedo che sei un pochino nervoso", disse il dottor Sandri mentre gli sorrideva attraverso la **mascherina**. "Non ti preoccupare, non farà male".

Enrico fissava il dottor Sandri mentre prendeva uno degli strumenti metallici dal tavolo attaccato alla sedia, **fece un respiro profondo**, dopodiché chiuse gli occhi preparandosi per quello che stava per accadere.

"Guarda, figliolo, è solo uno **specchio** che userò per vedere il lato interno dei tuoi denti. Non farà per niente male" disse il dottore, chiedendo ad Enrico di aprire gli occhi. "Prima che iniziamo, hai qualche domanda da farmi?"

Enrico **prese la palla al balzo** e gli chiese: "userà trapani e pinze?"

Il dottor Sandri sorrise. "Non penso che ne avremo bisogno" disse, **alleviando** le preoccupazioni del bambino. "Adesso, apri"

Enrico aprì la sua bocca con un "Ahhh", mentre guardava il dottore mettere il piccolo specchio intorno alla sua bocca.

"Cos'è questo?" chiese Enrico quando il dentista prese un altro strumento di metallo dalla punta affilata.

"Si chiama **sonda dentale**, la userò per vedere se ci sono delle carie."

"Pungerai le mie gengive con questo?" chiese Enrico, ancora preoccupato.

"No, darò dei colpetti sui tuoi denti e mi dirai se sentirai dolore alzando la mano, va bene?"

Enrico annuì e tornò ad aprire la bocca. Quando il dottore prese uno dei tubi attaccati alla poltrona, spiegò che quell'**aggeggio** gli serviva per aspirare la saliva così da fargli vedere meglio cosa c'era intorno ai suoi denti.

"Hai fatto un ottimo lavoro con il tuo spazzolino, Enrico! Non c'è nemmeno una **carie**" esclamò il dottore.

"Grazie", disse Enrico sorridendo.

"Ti prescriverò del **filo interdentale** e ti chiederò di usarlo per pulirti meglio i denti, pensi di poterlo fare?"

"Certo" annuì Enrico.

"Voglio anche che tu dica ai tuoi genitori **ogni qual volta senti del dolore**, così possiamo rimediare subito, ok?"

"Sì, dottore."

"Molto bene." Il dottore sorrise e iniziò a scrivere su un foglio di carta. "Vuoi farmi qualche altra domanda?"

Enrico esitò un attimo prima di annuire. "Per quanto tempo si deve studiare prima di diventare un dentista?" disse il bambino, pensando che il dentista era stato molto gentile con lui e che aveva imparato **un sacco** di cose. Enrico non sapeva cosa avrebbe fatto **da grande** ma pensò che diventare un dentista non sarebbe stato poi così male.

Il dottor Sandri e la madre di Enrico sorrisero. "Diciamo che non importa per quanto dovrai studiare, se ti diverti facendolo."

VOCABOLARIO

Prodotti chimici - *chemicals*

Sospirò - *he sighed*

Supplichevoli= *pleading*

Compassione - *pity*

Fazzoletto - *tissue*

Masticando - *(he was) chewing (something)*

Caramella - *candy*

Dente da latte - *milk tooth*

Testardamente - *stubbornly*

Armeggiare - *to poke*

Bastoncino di metallo - *metal stick*

Estrarre il dente - *to knowck down the shaky tooth*

Accuratamente - *accurately*

Un cenno - *a heads up*

Trapano - *drill*

Sobbalzare - *to jump*

Ago - *needle*

Intorpidirsi - *getting numb*

Pinze - *pliers*

Custodiva - *he guarded*

Si alzò tremando - *he got up on shaky legs*

Esordì - *he started*

Poltrona da dentista= *long chair*

Mascherina - *mask*

Fece un respiro profondo - *he took a deep breath*

Mirror - *specchio*

Prese la palla al balzo - *he took the doctor on his offer*

Alleviando - *soothing*

Sonda dentale= *sickle probe*

Pungerai le mie gengive con questo? - *are you going to stab my gums with it?*

Aggeggio - *object*

Filo interdentale - *dental floss*

Ogni qual volta senti del dolore - *whenever you feel pain in your mouth*

Un sacco - *a lot*

Da grande - *when he grows up*

Enrico aveva bisogno di nuovo del dentista. Ricorda quanto sia stata spiacevole la sua prima volta dal dentista un paio di anni fa. Il dottore fu un po' brusco ed Enrico non si sentì affatto a suo agio. Così il bambino promise a se stesso che si sarebbe lavati i denti nel migliore dei modi per non dover ritornare mai più dal dentista. Ma purtroppo fallì nel suo proposito e dovette tornarci di nuovo. Era sicuro che sarebbe stata un'altra brutta esperienza, ma fortunatamente il dottor Sandri si rivelò un dottore dai modi gentili e garbati. E soprattutto non ha usato quei terrificanti strumenti di cui gli amici gli avevano parlato, come il trapano o le pinze! Dopo aver scoperto di non avere nessuna carie Enrico si sentì molto più sollevato, ed ha addirittura pensato di voler diventare un dentista!

It was that time again, Enrico needed to visit the dentist again. He remembers how awful it was his first time visiting the dentist a couple years ago. The dentist was rude and made Enrico feel uncomfortable. Enrico made a promise to himself that he would brush his teeth better so that he never had to go to the dentist again. But here he was visiting the dentist just a couple years later. He was certain this was going to be another bad experience as he saw all of the other children in the waiting room scared for their visit as well. Luckily the dentist was comforting and assured Enrico that he wasn't going to use any of the scary tools like the pliers or worse, the drill! After the checkup they found no cavities and he was relieved to have had a much better experience. He even thought that he might want to become a dentist when he grows up!

QUESTIONS ABOUT THE STORY

1) **Come si comportò il dentista la prima volta?**
   - **A.** Era divertente
   - **B.** In modo Rude
   - **C.** Timido
   - **D.** Spaventoso

2) **Quanti bambini ci sono nella sala d'attesa?**
   - **A.** 5
   - **B.** 2
   - **C.** 4
   - **D.** 3

3) **Perché Enrico va dal dentista?**
   - **A.** Perché ha una carie
   - **B.** Ha un dente da latte che sta per cadere
   - **C.** Per un controllo
   - **D.** Per mettersi un apparecchio ai denti

4) **Quando è stata l'ultima volta che Enrico è andato dal dentista?**
   - **A.** Un paio di anni fa
   - **B.** Un mese fa
   - **C.** La settimana scorsa
   - **D.** Un paio di settimane fa

5) **Quante carie ha Enrico?**
   - **A.** 2
   - **B.** 0
   - **C.** 1
   - **D.** 3

QUESTIONS ABOUT THE STORY

1) **How did the dentist behave the first time Enrico went to the Dentist?**
- **A.** He was funny
- **B.** He was rude
- **C.** He was shy
- **D.** He was scary

2) **How many children did Enrico see in the waiting room?**
- **A.** 5
- **B.** 2
- **C.** 4
- **D.** 3

3) **Why did Enrico go to the dentist?**
- **A.** Because he had a cavity
- **B.** His tooth was loose
- **C.** For a check up
- **D.** He needed to get braces

4) **When was the last time Enrico visited the dentist?**
- **A.** A couple years ago
- **B.** A month ago
- **C.** Last week
- **D.** A couple weeks ago

5) **How many cavities did Enrico have?**
- **A.** 2
- **B.** 0
- **C.** 1
- **D.** 3

Answers

1. A
2. B
3. C
4. D
5. A

CHAPTER 3. IL MOSTRO DI GLASSA

Maria era **felicissima** quando sua madre le disse che le avrebbe dato il permesso per andare a dormire a casa di Sara. Era veramente entusiasta al pensiero di divertirsi con la sua amichetta tutto il giorno e dormire poi insieme.

Si sono divertite molto giocando in giardino e **nuotando** nella **piscina**. La madre di Sara ha poi cucinato un pranzo delizioso e nel pomeriggio ha fatto anche dei pancake.

Salutò educatamente il padre di Sara quando tornò a casa la sera ed pensò che suo **fratello** maggiore fosse divertente.

Alla fine, Maria era veramente felice di aver trascorso tutto il giorno a casa di Sara, e **la sua famiglia le piacque molto**.

Dopo cena, quando era già ora di andare a dormire, **si lavarono i denti**, indossarono i loro pigiama e si misero a letto. Tuttavia, dopo che la mamma di Sara aveva portato loro del latte caldo con cannella e miele, suo fratello Daniel si **intrufolò** nella stanza dicendo che avrebbe raccontato una storia spaventosa. "Dopo tutto, cos'è un **pigiama party** senza un racconto horror" disse lui, mettendosi una torcia sotto la faccia per spaventare le due bambine.

Maria e Sara si guardarono. "E se mamma viene a ci trova ancora sveglie? Non pensi che finiremmo nei guai?" sussurrò Sara.

"Non ti preoccupare, se ci **becca** le dirò che sarà stata colpa mia", rispose lui, spingendo la sorellina.

"Dai ragazze, sarà come essere in **campeggio**!" Così Daniel disse alle bambine di sistemare le lenzuola in modo da farle sembrare delle tende da campeggio.

Nonostante la loro **esitazione** iniziale, Sara e Maria seguirono il suo consiglio. Tutti e tre si misero sotto le lenzuola e Daniel mise la torcia in mezzo.

"Questo sarà il nostro fuoco", disse lui **sghignazzando**.

Dopo essersi sistemati, Daniel si schiarì la gola e la sua faccia assunse un'espressione **a dir poco** seria.

"Molto tempo fa, quando voi non eravate ancora nate", disse guardando Sara, "la nostra famiglia passò un periodo davvero terrificante."

Sara **ebbe un sussulto**, stringendo forte il bicchiere di latte caldo e Maria si piegò leggermente in avanti per ascoltare meglio.

"Ogni notte, veniva a farci visita quello che mamma chiamava il mostro di glassa!" Danny disse l'ultima parte ad alta voce, accendendo e spegnendo la torcia per far spaventare le bambine, che **si fecero piccole piccole** per la paura.

"Perché lo chiamava in questo modo? Perché era un **pasticcere**?" domandò Maria.

"O perché lascia tracce di dolci dietro di sé? Aggiunse Sara.

"Lo scoprirete alla fine", disse Danny **facendo l'occhiolino** prima di andare avanti con il racconto. "Le cose iniziarono a sparire ed ogni mattina trovavamo la cucina in disordine. E la cosa più spaventosa è che non c'era nessuna traccia che qualcuno fosse entrato in casa. Le finestre e la porta erano così come le avevamo lasciate".

"Un **fantasma**?" sussurrò timidamente Sara.

"Esatto" esclamò suo fratello, spegnendo improvvisamente la **torcia**. Maria dovette mettersi una mano sulla bocca per evitare di urlare e Sara si aggrappò alla sua mano, **nascondendosi la faccia** dietro la spalla della sua amica. "Non c'è altra spiegazione. Deve essere stato un fantasma"

"Cosa successe poi?" domandò Maria, chiedendosi poi se il fantasma si nascondesse ancora nei paraggi di quella casa.

"Una notte, mamma decise di restare sveglia. Rimase seduta nel **soggiorno**, completamente al buio ed aspettò."

Gli occhi di Sara si **spalancarono**. "Da sola?" domandò.

"Si. Verso mezzanotte, mamma sentì un rumore. Pensava che qualcuno stesse frugando nella **credenza** e andò a vedere". Daniel si spostò in avanti e abbassò la voce. "Iniziò a camminare lentamente verso la cucina, cercando di non fare il minimo rumore. Mentre si avvicinava i rumori provenienti dalla cucina si fecero più forti ed entrò senza accendere le luci per non far notare la sua presenza. **Diede un'occhiata** in giro e vide l'ombra di una creatura accanto al tavolo".

"Aspetta, se c'era un'ombra non si trattava di un fantasma, giusto?" chiese Maria.

"Che **arguta!**", esclamò Daniel. "Infatti, non era un fantasma, ma se fosse stato qualcosa di ancora più spaventoso?!"

"Mamma!" piagnucolò Sara, preoccupata per cosa sarebbe potuto accadere alla sua amata mammina.

"Mamma andò verso il tavolo, e proprio nel momento in cui accese la torcia del suo telefono sentì un **fragore** e vide spuntare un paio di occhi grandi e spaventosi!"

"No!" dissero le bambine all'**unisono**.

"Si!"

"Cosa è successo dopo?" domandò Sara.

"Il forte rumore venne da un **bicchiere** caduto sul **pavimento**, rovesciato dalla creatura!"

"E cosa accadde alla tua mamma?" chiese Maria.

"Oh, niente. Si mise a pulire il pavimento" disse Daniel alzando le spalle.

"Aspetta" **Sara scosse la testa confusa**. "Cosa ne è stato della creatura?"

"Non c'era nessuna creatura. Ero io che ero diventato un **sonnambulo**." Sorrise timidamente alle bambine.

"**Davvero**?" Maria disse sconsolata. "Questo spiega le porte e le finestre chiuse. Ma cosa ci facevi in cucina?"

"Cercando qualcosa da mangiare, haha".

Sara diede un buffetto a suo fratello sul braccio mentre Maria sbuffò delusa. Le due bambine si erano spaventate per niente, che **finale deludente**. Sembrava più un episodio di Scooby Doo che una storia del terrore raccontata in campeggio.

"C'è solo una cosa che non ancora non riesco a capire" disse Sara.

"Hmm? Cosa?

"Perché ti chiamano il **mostro di glassa**?

"Perché lasciavo sempre dei pezzi di glassa sul pavimento della cucina. Quando tutto ciò accadeva di solito grattavo via la glassa dai muffin che mamma cucina e mangiavo solo il **pan di Spagna**", rispose Daniel **ridendo sotto i baffi**. "Buonanotte bambine", disse uscendo dalla loro stanza e lasciandole a sistemare le loro lenzuola ancora una volta.

Inutile dire che Sara e Maria **non si erano affatto divertite**.

VOCABOLARIO

Felicissima - *overjoyed*

Nuotando - *swimming*

Piscina - *pool*

Salutò - *she greeted*

Fratello - *brother*

La sua famiglia le piacque molto - *she liked her family a lot*

Si lavarono i denti - *they brushed their teeth*

Si intrufolò - *he sneaked*

Pigiama party - *pajama party/sleepover*

Se ci becca - *if he catches us*

Esitazione - *hesitation*

Sghignazzando - *chuckling*

A dir poco - *rather*

Ebbe un sussulto - *she jumped*

Si fecero piccole - *they cowered*

Facendo l'occhiolino - *winking*

Fantasma - *ghost*

Torcia - *flashlight*

Nascondendosi la faccia - *hiding her face*

Soggiorno - living room

Spalancarono - *they opened wide*

Credenza - *cupboard*

Diede un'occhiata - *she took a look*

Arguta - *sharp*

Fragore - *clang*

All'unisono - *in unison*

Bicchiere - *glass*

Pavimento - *floor*

Sonnambulo - *sleep-walker*

Sara scosse la testa confusa - *Sara shook her head in confusion*

Davvero? - *"Seriously?"*

Sara diede un buffetto - *Sara swatted (her brother)*

Finale deludente - *disappointing ending*

Il mostro di glassa - *the frosting monster*

Pan di spagna - *sponge cake*

Ridendo sotto i baffi - *chuckling*

Non si erano affatto divertite - *they were not amused (at all)*

RIASSUNTO

Maria e Sara si erano divertite così tanto quando si erano incontrate per la prima volta al parco che hanno deciso di fare un pigiama party. Maria andò da Sara e rimasero a giocare tutto il giorno in giardino e a nuotare in piscina. La mamma di Sara cucinò il pranzo e dei deliziosi pancake nel pomeriggio. Quando calò notte le ragazze rientrarono e andarono a letto. Prima di addormentarsi però il fratello di Sara, Daniel, volle raccontare una storia spaventosa su un mostro di glassa. Il mostro era solito aprire il frigo e lasciare la cucina in disordine. Infatti, lasciava sempre delle tracce di glassa sparse sul pavimento. Le bambine iniziarono ad avere paura e si preoccuparono che il mostro potesse tornare. Una volta la mamma di Sara decise di restare sveglia una notte per beccare il mostro una volta per tutte. Tuttavia non si aspettava di vedere quello che scoprì. Il mostro infatti era un sonnambulo, ma non era affatto un mostro vero e proprio, bensì suo figlio Daniel!

Summary of the Story

Maria and Sara had so much fun at the park when they first met that they decided they should have a sleepover party. Maria went over to Sara's house and they played all day in the garden and swam in the pool. Sara's mom made them lunch and even some delicious pancakes in the afternoon. As night fell the girls went inside and got ready to go to sleep. Before they had a chance to lay down Sara's brother Danny wanted to tell them a scary story about the frosting monster. The monster would go through the refrigerator and leave a mess in the kitchen. In fact, it would leave traces of frosting all over the floor. The girls became frightened and worried that maybe the frosting monster would come back to visit. Sara's mother woke up in the middle of the night to catch the monster once and for all. What she found wasn't what she was expecting at all. She discovered that the monster was sleep walking, but it wasn't a monster after all, it was her son Danny!

COMPRENSIONE DEL TESTO

1) Che tipo di cibo ha preparato la mamma di Sara nel pomeriggio?

    A. Hot dog
    B. Pancake
    C. Un'insalata di frutta
    D. Una bistecca

2) Chi racconta la storia del mostro?

    A. Maria
    B. Il cugino di Maria
    C. La mamma di Sara
    D. Daniel

3) Che ora erano quando la mamma di Sara ha scoperto il Mostro di Glassa?

    A. 2 del pomeriggio
    B. Mezzanotte
    C. 3 del mattino
    D. Verso l'ora di cena

4) Dove hanno giocato le bambine durante il giorno?

    A. Nel fienile
    B. In un campo di cereali
    C. Nel giardino e in piscina
    D. In cantina

5) A che gusto era il cupcake di cui parla Daniel?

    A. Vanilla
    B. Fragola
    C. Menta
    D. Non dà questa informazione

QUESTIONS ABOUT THE STORY

1) **What food did Sara's mother prepare for the girls in the afternoon?**
   - **A.** Hot dogs
   - **B.** Pancakes
   - **C.** A fruit salad
   - **D.** Steak

2) **Who told the scary story?**
   - **A.** Maria
   - **B.** Maria's cousin
   - **C.** Sara's mother
   - **D.** Danny

3) **What time was it when Sara's mom found the Frosting Monster?**
   - **A.** 2pm
   - **B.** Midnight
   - **C.** 3am
   - **D.** Around dinner time

4) **During the day where did the girls play?**
   - **A.** In the barn
   - **B.** In the corn field
   - **C.** In the garden & swimming pool
   - **D.** In the basement

5) **What flavor was the cupcake frosting?**
   - **A.** Vanilla
   - **B.** Strawberry
   - **C.** Mint
   - **D.** It doesn't say

ANSWERS

1) B
2) D
3) B
4) C
5) D

Chapter 4. Una squadra

La signora Jones **canticchiava** mentre riempiva **il cesto dei panni sporchi**. Era una bella giornata di sole ed aveva quasi finito di fare le **faccende domestiche**. Era sul punto di azionare la lavatrice quando sentì delle urla provenienti dalla camera dei suoi figli.

"Ridammelo!" gridò Alex.

"No! È mio!" **rispose a tono** suo fratello.

La signora Jones corse verso la camera per vedere cosa stava succedendo. I suoi bambini di solito si comportavano bene anche se erano un po' **birichini** a volte...anzi, spesso!

"No! Me l'hai rubato"! Gridava ancora più forte Alex.

"Non è vero!"

"Sì che è vero!"

"Non è vero!"

"E IO DICO DI SI"

I due bambini andarono avanti ad **urlarsi contro** finché non intervenne la signora Jones.

"Ragazzi!" disse lei ad alta voce, tanto da farli smettere. "Cosa sta succedendo?"

Alex, il più agitato dei due, le rispose. "Connor ha preso il cappellino, mamma!" disse puntando il dito contro il bambino seduto davanti a lui, che gli assomigliava in modo impressionante. "Continua a dire che è suo e che non vuole ridarmelo!"

Oh mio Dio, pensò la signora Jones. Una delle cose negative di avere due **gemelli** è **vestirli in maniera identica**. All'iniziò aveva provato a cucire le iniziali dei loro nomi sui vestiti, ma dopo essersi resa conto che i vestiti erano troppi, dovette ben presto **abbandonare l'idea**.

Ci sarebbe voluto troppo tempo per farlo e inoltre non sarebbe stato troppo utile visto che i bambini crescono in modo così veloce! Quindi decise che non l'avrebbe più fatto, dopo tutto non era un problema scambiarsi i vestiti, **una volta ogni tanto**.

Tuttavia, una volta cresciuti, iniziarono a diventare gelosi delle proprie cose e uno non voleva più mettere le cose dell'altro.

Quindi la signora Jones iniziò a pensare a una soluzione. Sospirò cercando qualche buona idea che fosse accettabile per entrambi.

Mentre lei cercava di farsi venire in mente qualcosa, Connor iniziò di nuovo a parlare. "Ma è mia, mamma! Ne sono sicuro! Guarda, ha una **striscia** blu sul lato destro!” disse il bambino mostrandogli **l'oggetto del contendere**.

“Tutte e due hanno hanno una striscia blu sul lato destro, genio! Sono esattamente uguali!” ribadì Alex.

“E allora come puoi dire che è tua e non mia?” gli rispose suo fratello.

“Lo so e basta!”

“Che idea stupida! Sei così **sciocco** e brutto!” urlò Connor, sorprendendo suo fratello.

“Ma se siamo uguali, **intelligentone**!” Anche se tu sei più **brutto**!”

“Bambini, smettetela!” rimproverò la signora Jones, **infastidita** dal loro comportamento.

“Questo è il problema! Io non voglio essere uguale a te!” continuò Connor, ignorandola completamente.

“Ok, aspetta. Cosa vuoi dire, Connor?” La signora Jones provò ancora una volta a farli ragionare.

“Tutti continuano a dire che siamo uguali. Voglio essere speciale, non essere uguale a lui!” rispose suo figlio.

“Bene, lo stesso vale per me! Ogni volta che nonna mi dice che sono bello deve ripeterlo anche a te! Solo perché la tua stupida faccia assomiglia alla mia!" ribadì Alex, **rispondendo a tono** a suo fratello.

Turbata dalle parole dei suoi figli, la signora Jones decise che era arrivato il momento di essere un po' più severa con loro. "Ok, voi due, basta dire queste cattiverie!" disse lanciando ai suoi figli una decisa **occhiataccia**. I bambini abbassarono subito lo sguardo **in modo sincronizzato**, creando un effetto quasi comico.

Non essendo ancora sicura di come gestire la loro frustrazione per il fatto di sembrare uguali, la signora Jones di iniziare dalla questione dei vestiti.

"Dov'è l'altro cappello?" chiese.

I bambini si guardarono prima di alzare le spalle, non avendo la minima idea di dove si trovasse l'**indumento**.

"Quindi l'avete perso" disse la mamma **scuotendo la testa** in segno di esasperazione. "E suppongo non c'è modo che voi due possiate condividere questo?" continuò indicando il cappellino.

"No! Due persone non possono indossare lo stesso cappello nello stesso momento!" affermò Alex.

"E dovete per forza indossarlo insieme nello stesso momento"

"Sì!" rispose Connor.

“Perché?”

“Perché siamo una squadra!” esclamarono all’**unisono** i due.

“Ah, certo!” disse la madre **ridendo sotto i baffi**, sollevata dal fatto che il problema stava per risolversi da solo. “Ma ditemi, i membri di una stessa squadra litigano continuamente?”

“No”, rispose Connor abbassando la testa.

“Non lo fanno”, confermò Alex. “Solitamente **vanno d’accordo**!”

“E si **supportano a vicenda**!” aggiunse Connor.

“Capisco” la signora Jones sorrise ad entrambi. “E voi di solito lo fate?”

“Sì!” intervenne Connor prima di rivolgersi a suo fratello. “Come quella volta che stavamo giocando con la palla e io la lanciai per sbaglio nel giardino del signor Dawson rompendo uno dei suoi **nani da giardino**. Tu dicesti a papà che eri stato tu e ti **prendesti la colpa**”.

“O quando andammo da **zia** Tilda e lei ci cucinò delle **verdure** e tu prendesti le mie carote perché sai che mi fanno vomitare!” aggiunse Alex.

“O quando la maestra ci mise entrambi in punizione perché non volevamo dirle chi aveva messo quel **ragno di plastica** nello zaino di Lizzy!” rise Connor.

La signora Jones li guardò, **rallegrata** del fatto che stavano facendo pace senza accorgersene.

“Visto? Non siete l'uno all'altro? La vostra squadra è molto più importante di un cappellino, non è così?” disse, guardando i loro figli annuire di nuovo contemporaneamente.

“E solo perché **avete lo stesso aspetto**, non vuol dire che non siete speciali. Anzi, è questo che vi rende speciali. Non sareste una squadra così speciale se non aveste lo stesso aspetto e vi metteste gli stessi vestiti, o no?

Entrambi annuirono.

“E allora che ne dite se lasciamo questo cappellino per il vostro fratellino Max e ne compriamo un nuovo paio?”

“Va bene!” disse Alex

“D'accordo!” rispose Connor.

“Bene! E adesso chi vuole un bel gelato alla fragola?”

I gemelli sorrisero e corsero verso la cucina, seguiti dalla loro amorevole madre.

Il **bucato** può aspettare, pensò la signora Jones. Non capitava tutti i giorni di convincere i suoi ragazzi a fare pace!

Vocabolario

Il cesto dei panni sporchi - *the basket of dirty laundry*

Faccende domestiche - *chores*

Canticchiava - *she hummed*

Ridammelo*! - give it back!*

Rispose a tono - *he retorted*

Birichini - *mischievous*

Urlarsi contro - *bantering*

Gemelli - *twins*

Vestirli in maniera identica - *dressing them in identical clothes*

Abbandonare l'idea - *to give up the idea*

Una volta ogni tanto - *once in a while*

Striscie - stripe

L'oggetto del contendere - *the object of their conflict*

Sciocco - silly

Intelligentone - *smarty pants*

Brutto - *ugly*

Infastidita - *disturbed*

Rispondendo a tono - *tossing back*

Occhiataccia - *chastising look*

In modo sincronizzato - *simultaneously*

Indumento - *item*

Scuotendo la testa - *shooking her head*

Unisono - *in unison*

Ridendo sotto i baffi - *chuckling*

Vanno d'accordo - *they get along*

Supportano a vicenda - *they support each other*

Nani da giardino - *gnomes*

Ti prendesti la colpa - *you took the blame*

Rallegrata - *amused*

Ragno di plastica - *plastic spider*

Zia - *aunt*

Verdure - *vegetables*

Avete lo stesso aspetto - *you look the same*

Entrambi - *both*

Bucato - *laundry*

RIASSUNTO

La signora Jones stava facendo la lavatrice quando ha sentito delle urla dalla camera dei suoi figli. Appena entrata nella stanza, ha scoperto i due discutendo su un cappello da baseball. I suoi figli sono due gemelli che vestono in modo uguale e fanno tutto insieme. Hanno iniziato a litigare perché trovavano fastidioso che l'uno sia uguale all'altro ed erano stanchi di questa cosa; volevano essere differenti. La signora Jones cercò di far ragionare i ragazzi, i quali si convinsero che sono una squadra inseparabile e che ognuno aveva bisogno dell'altro.

Summary of the Story

Mrs. Jones was doing laundry when she heard yelling from the other room. As she ran to what was going on she quickly found her two sons arguing about a hat. These weren't any normal sons, they were twins and they typically wore the same clothes and did everything together. They bickered back and forth about why they didn't like each other and were tired of looking the same; they wanted to be different. Mrs. Jones simply allowed the boys to come to their own conclusion that they were an inseparable team and needed each other after all.

QUESTIONS ABOUT THE STORY

1) Cosa stava facendo la signora Jones quando ha sentito i suoi figli discutere?
- A. Stava preparando la cena
- B. Facendo una doccia
- C. Il bucato
- D. Le pulizie

2) Su cosa stavano discutendo i bambini?
- A. Alex aveva mangiato il panino di Connor
- B. Stavano discutendo su cosa guardare in tv
- C. Connor aveva rubato una maglietta di Alex
- D. Per un cappello

3) Cosa misero i ragazzi nello zaino di Lizzy?
- A. Un criceto
- B. Dei soldi
- C. Un ragno di plastica
- D. Del burro di arachidi

4) Cosa ruppe Alex nel giardino del signor Dawson?
- A. Una gabbia per uccelli
- B. Una fontana
- C. Il recinto
- D. Un nano da giardino

5) Perché i ragazzi iniziarono a correre verso la cucina?
- A. Perché erano affamati
- B. Per il gelato alla fragola
- C. Per nascondersi dalla mamma
- D. Perché sentivano odore di bruciato

1) What was Mrs. Jones doing when she heard her sons yelling?
   A. Preparing dinner
   B. In the shower
   C. Laundry
   D. Cleaning the house

2) Why were her sons arguing?
   A. Alex ate Connor's sandwich
   B. They wanted to watch different television shows
   C. Connor stole his brother shirt
   D. They both wanted to wear the hat

3) What did the boys put into Lizzy's backpack?
   A. A hamster
   B. Money
   C. A plastic spider
   D. A jar of bacon grease

4) What broke in Mr. Dawson's garden?
   A. A birdhouse
   B. The water fountain
   C. The fence
   D. A lawn gnome

5) Why did the boys run to the kitchen?
   A. Because they were hungry
   B. For strawberry ice cream
   C. They were hiding from their mom
   D. They smelled something burnings

ANSWERS

1) C
2) D
3) C
4) D
5) B

Chapter 5. Anna e la sua gattina

Anna **sbadigliò** mentre versava dei cereali al miele nella sua **tazza**. Controllò l'ora e vide che le restavano venti minuti prima di dover partire per andare a scuola. I suoi **genitori** si stavano preparando per andare al lavoro e lei era contenta di aver già preparato il suo **zaino** la sera prima, così da avere più tempo per fare colazione.

Quando suo padre le disse che era tutto pronto per partire, Anna si alzò e andò a prendere lo zaino nella sua cameretta. Lo chiuse **distrattamente** con la zip e lanciò un ultimo sguardo al suo letto prima di andare.

Mentre i suoi genitori **chiacchieravano** in macchina, lei chiuse gli occhi, appoggiò la testa contro il finestrino e cercò di godersi gli ultimi attimi di **ozio** prima di affrontare una nuova settimana di scuola.

Anna sospirò mentre si incamminava nei corridoi della scuola, e si ricordò di avere Inglese alla prima ora. Una volta arrivata all'armadietto, appoggiò il suo zaino sul pavimento per metterci i libri dentro. Tuttavia, quando si piegò per riprenderlo fu sorpresa di sentire un miagolio che proveniva proprio dallo zaino.

Oh no, non può essere!

Anna aprì lentamente lo zaino con una leggera sensazione di **timore**, e quando gli **occhietti** verdi della sua gattina iniziarono a fissarla, i suoi sospetti vennero confermati.

"Mi caccerò in guai seri..." disse a se stessa.

"Lily! Cosa ci fai qui? Ti avevo detto di non intrufolarti nel mio zaino!" **sussurrò**, guardandosi attorno per essere sicura di non essere vista.

La gatta rispose con un rumoroso "meow".

"Shhh! Non così forte!"

Lily riprese a miagolare ma stavolta a bassa voce, come se avesse capito il **rimprovero** della sua **padroncina**.

Anna sorrise, un po' divertita e **un po' preoccupata** per la situazione.

"Ok, Lily. Non posso portarti a casa quindi devi rimanere qui adesso, ma senza fare alcun **rumore**!"

Dopo aver ricevuto come risposta un adorabile battito di ciglia, Anna continuò a svuotare il suo zaino prima di andare in classe.

Una volta arrivata, ripose attentamente la gatta nel cassettino posto sotto il suo **banco**, lasciandolo leggermente aperto. Sistemò poi i libri e i quaderni sul banco aspettando l'arrivo della maestra.

In qualche modo Lily riuscì a passare inosservata durante la mattina senza particolari problemi, eccetto quando sentì il bisogno di attirare l'attenzione di Anna con un rumoroso **miagolio** che la bambina coprì con uno **starnuto** giusto in tempo.

Tuttavia, arrivata l'ora di pranzo Anna si ricordò di dover **nutrire** Lily. Aveva un po' di latte e del formaggio che la mamma le aveva preparato, ma il problema era dove far mangiare Lily. Non poteva tenerla nello zaino, così iniziò a camminare per i **corridoi** sperando di trovare un posto dove poterle dare il cibo senza essere vista.

Dopo aver controllato diversi posti, pensò che la scelta migliore sarebbe stata andare dietro il **capanno degli degli attrezzi**, all'interno del piccolo giardino della scuola. Così si sedette sull'erba e tirò fuori la gattina dallo zaino.

"Scommetto che ti sei annoiata durante tutto questo tempo, amore." Disse Anna accarezzando la testa di Lily. "Sono così **orgogliosa** di te, ti sei comportata davvero bene! Pronta per mangiare?"

Così Anna aprì la confezione di formaggio, versò un po' di latte nel coperchio del suo **portapranzo** e lo avvicinò a Lily.

Anna si mise a guardare la sua gatta bere mentre lei mangiava un panino e una **mela**, dandole un pezzetto di tacchino prima di servirle un altro po' di latte.

Quando entrambe erano sazie, Anna mise la confezione di latte e quella del formaggio dentro il suo portapranzo, e rimise tutto dentro il suo zaino, compresa la gattina.

Tuttavia Lily la pensava diversamente. Dopo il sostanzioso pranzo Lily voleva **stiracchiarsi** un po'. Ignorando Anna si mise a camminare nell'altra direzione per esplorare il giardino della scuola.

"Lily!" Anna si rialzò, si rimise lo zaino dietro la schiena e **iniziò a rincorrere** la sua gattina scontrandosi con qualcuno.

"Suppongo che questo gattino sia tuo"

Anna alzò la testa e vide il giardiniere della scuola tenendo Lily tra le sue braccia e grattandole le orecchie.

"Uhm, Sì signor Barnaby" disse Anna, guardandosi goffamente i piedi, preoccupata per cosa sarebbe successo a lei e a Lily adesso che era stata **beccata**.

"Vorresti spiegarmi cosa ci fa qui la tua gatta?" chiese il signor Barnaby amichevolmente. Guardandolo ancora una volta Anna notò che non sembra affatto arrabbiato.

"Uhm, beh, a Lily piace dormire in posti piccoli e oscuri, **suppongo** che quando mamma ha aperto la finestra stamattina lei è saltata direttamente nel mio zaino per continuare a dormire. Me ne sono accorta solo quando ero già a scuola.

"Capisco" rise sotto i baffi. "Perché non torni in classe e lasci Lily qui con me? Sono sicuro che **ci terremo compagnia a vicenda**."

Gli occhi di Anna si spalancarono. Sulla sua faccia comparì una chiara espressione di **sollievo**. "Davvero?"

"Certo. Non ti preoccupare, sarà il nostro piccolo segreto!" disse.

Anna ringraziò così il signor Barnaby e tornò in classe.

Le lezioni del pomeriggio sembrarono passare un po' più lentamente, ma la sua pazienza fu premiata quando alla fine delle lezioni andò a riprendersi Lily. Il signor Barnaby le assicurò di nuovo che non l'avrebbe detto a nessuno e le consigliò di **controllare** meglio la sua borsa prima di uscire di casa.

VOCABOLARIO

Sbadigliò - *she yawned*

Tazza - bowl

Genitori - parents

Zaino - *bag*

Distrattamente - *distractedly*

Chiacchieravano - *they chatted*

Ozio - *leisure*

Anna sospirò - Anna sighed

Timore - *fear*

Occhietti - *little eyes*

Mi caccerò in guai seri - *I'm going to be in so much trouble*

Sussurrò - *She whispered*

Rimprovero - *reprimand*

Rumore - *noise*

Un po' preoccupata - *a little worried*

Banco - *desk*

Miagolio - *meow*

Starnuto - *sneeze*

Nutrire - *to feed*

Corridoio - hallway

Capanno degli attrezzi - *garden shed*

Orgogliosa - proud

Portapranzo - *lunch box*

Stiracchiarsi - *to strech her legs*

Mela - *apple*

Anna alzò la testa - *she looked up*

Beccata - *caught*

Iniziò a rincorrere (la sua gattina) - she turned to chase her pet

Ci terremo compagnia a vicenda - *we'll keep each other company*

Sollievo - *relief*

Suppongo - *I guess*

Controllare - *to check*

RIASSUNTO

Anna iniziò la sua routine mattutina con la solita tazza di cereali e preparandosi per andare a scuola. Si assicurò di aver preso tutto, prese il suo zaino e partì. Quando arrivò al suo armadietto, prese i libri che le servivano per le lezioni della mattina, ma sentì un miagolio familiare provenire dal suo zaino. Scoprì così che aveva portato con sé la sua gattina Lily, che aveva deciso di fare un pisolino dentro il suo zaino! Facendo attenzione a non essere beccata Anna nascose la sua gatta nel cassettino sotto il suo banco fino all'ora di pranzo. Durante la pausa Anna e Lily mangiarono insieme, ma durante una distrazione della sua padroncina Lily iniziò ad esplorare il giardino della scuola. Anna iniziò a rincorrerla e si imbatté nel signor Barnaby, il giardiniere della scuola. Dopo avergli spiegato come erano andate le cose Anna torna in classe e il signor Barnaby si offre di tenere Lily per tutto il giorno.

Summary of the Story

Anna began her morning routine as she normally does with a bowl of cereal and getting ready for school. She double checked her room to make sure she didn't leave anything behind, grabbed her backpack and was off to school. When she arrived to her locker, she reached into her bag to take only the books she would need for her upcoming class. Upon setting her bag down, she heard a familiar sound… "Meow". She discovers that her cat Lily decided to take a nap inside of her backpack! Hoping that she wouldn't get caught, Anna had no choice but to hide Lily in her desk until lunch time. Surprisingly Lily was very well behaved and didn't make any noises. During the lunch break the two of them went behind the school and shared some lunch. When Anna wasn't paying attention, Lily took the liberty to explore the area. Anna chased after Lily and ends up running into Mr. Barnaby, the school gardener. He questions Anna why Lily is at school and then offers to watch after her until the end of the day.

QUESTIONS ABOUT THE STORY

1) Cosa mangia Anna per colazione?
- **A.** Yogurt
- **B.** Cereali
- **C.** Bacon e uova
- **D.** Frutta

2) Cosa trova Anna nel suo zaino quando arriva a scuola?
- **A.** Il suo spazzolino
- **B.** Una figurina
- **C.** La sua gatta Lily
- **D.** Il suo cane Charlie

3) Cosa mangia Lily per pranzo?
- **A.** Una mela
- **B.** Un panino
- **C.** Formaggio e latte
- **D.** Panzerotti

4) Chi trova Lily quando lei scappa via?
- **A.** La maestra di Anna
- **B.** La sua migliore amica
- **C.** Il direttore della scuola
- **D.** Il giardiniere

5) Il giorno dopo, cosa fa Anna per ringraziare il giardiniere?
- **A.** Gli regala dei soldi
- **B.** Gli da un succo di frutta
- **C.** Non fa niente
- **D.** Gli canta una canzone

QUESTIONS ABOUT THE STORY

1) What did Anna eat for breakfast?
    A. Yogurt
    B. Cereal
    C. Bacon and eggs
    D. Fruit

2) What did Anna find in her bag when getting to her locker?
    A. Her toothbrush
    B. A sticker
    C. Her cat Lily
    D. Her dog Charlie

3) What did Lily eat for lunch?
    A. An apple
    B. A sandwich
    C. Cheese and milk
    D. Empanadas

4) Who caught Lily when she ran off?
    A. Her teacher
    B. Anna's best friend
    C. The school principal
    D. The gardener

5) The next day, what did Anna do to show her appreciation to the gardener?
    A. Gave him money
    B. Gave him a juicebox
    C. She didn't do anything
    D. Sang him a song

Answers

1. B
2. C
3. C
4. D
5. B

Chapter 6. Il mostro del seminterrato

Era un sabato pomeriggio e la situazione in casa Mason era insolitamente **tranquilla**. I genitori erano andati a fare la spesa, **la sorella maggiore** stava guardando un film nella sua stanza e i due figli più piccoli, Lidia e Ryan stavano fissando la porta del **seminterrato** dalle scale.

"Pensi sia un mostro?" **Ryan sussurrò**. Stringeva forte il braccio della sorella più grande, mentre i suoi occhi innocenti la fissavano.

"Non lo so, può essere..." rispose Lidia, **sobbalzando** al rumore terrificante proveniente dalla porta. Sembrava come un **ringhio** di un cane, o qualsiasi cosa sembri il suono che viene dallo stomaco di una **persona affamata**. Le ricordava le **creature spaventose** che le era capitato di vedere nei film horror che piacevano a sua sorella.

"Non pensi che dovremmo dirlo a Selma?" chiese una terza voce. Il loro amico Ben, che era venuto per giocare con loro, si era trovato per caso in quella situazione dopo che gli avevano raccontato le strane cose che succedevano in quella casa.

"**Ci sgriderà** per averla disturbata." Disse Lidia, scuotendo la testa. Conosceva il carattere di sua sorella e sapeva che non voleva essere disturbata per nessun motivo al mondo quando guardava un film.

"Quindi...pensi che dovremmo andare a vedere?" chiese Ben, guardando prima **timidamente** la porta e poi verso Lidia.

"No!" esclamò Ryan **spalancando gli occhi**. "Potrebbe essere l'uomo nero!"

"Non essere sciocco Ryan, **l'uomo nero** viene fuori solo di notte" rispose Ben, con un sorriso rassicurante.

"E se questo è il posto dove si nasconde fino al **tramonto**?" disse Lidia. "Dovrà stare da qualche parte durante il giorno, non credete?"

"Oh" Ben annuì, riflettendo sulle parole di Lidia.

"Penso che dovremmo scendere e controllare e se c'è l'uomo nero gli chiederemo semplicemente di andarsene, potremmo dirgli di andare a vivere nel seminterrato della scuola."

"Chiedergli di andarsene?" si chiese **perplesso** Ben. "Lidia, stiamo parlando dell'uomo nero, non di una fatina!"

"E allora cosa dovremmo fare? Non possiamo permettergli di restare qui per sempre"

"Dovremmo **batterci contro di lui**!" affermò Ben sicuro. "Possiamo farcela, siamo tre contro uno."

"D'accordo. **A patto che** se ne vada" disse Lidia prima di iniziare a scendere un gradino.

"Non andare!" le chiese il suo fratellino, preoccupato per cosa sarebbe potuto accadere alla sua cara **sorellina**.

"Si, aspetta un attimo." Disse Ben prendendole il braccio. "Sarà meglio pensarci prima su" continuò. Quindi, dopo aver pensato per un momento **aggiunse** "dovremmo chiamare Jason, lui fa Karate. Se il...qualunque ci sia lì sotto reagisce, avremo più possibilità di sconfiggerlo con Jason."

"D'accordo, e chiedi a Sally di venire con lui" suggerì Lidia, abbracciando Ryan per **consolarlo**.

"Ok, voi due state qui e continuate a controllare, io vado a chiamarlo". Così Ben lasciò la casa, lasciando Lidia e Ryan a fare la guardia.

Quando tornò con Jason e Sally, Ben trovò Lidia con un **mestolo da cucina** e Ryan stringendo un **cucchiaio di legno**, con le sue paffute **gambe tremolanti**.

"A cosa vi servono quelle?" chiese Sally dopo averli salutati.

"Sono le nostre armi!" esclamò Ryan.

"Non credo che possano far male all'uomo nero" rimarcò Jason. Ben aveva raccontato a lui e a Sally quello che stava succedendo mentre si **recavano** dai Mason. "Allora, andiamo giù e lo affrontiamo?"

Il resto del gruppo annuì.

"D'accordo, questo è il piano" iniziò Lidia. "Ryan apre la porta e tutti noi entriamo. **Lo circondiamo**, io lo colpisco con il mestolo su un **ginocchio,** Sally gli da un calcio sullo **stinco** e quando cadrà in ginocchio Ben e Jason lo prenderanno a calci in faccia. D'accordo?"

Tutti annuirono, e dopo aver fatto un respiro profondo, iniziarono a scendere le scale.

Lidia **fece cenno** di aprire, Ryan obbedì e il resto del gruppo entrò con un grido di battaglia.

Tuttavia il loro attacco fallì. Imbarazzati e un po' **delusi**, si accorsero che non c'era niente da attaccare. Il seminterrato era completamente **vuoto**. Niente creature maligne, mostri e cose del genere.

Si scambiarono degli sguardi di sorpresa dopo aver sentito ancora una volta quei rumori strani di prima. Si girarono verso la loro fonte, e scoprirono che i rumori erano causati da un vecchio **scaldabagno** posizionato in un angolo del seminterrato.

"Beh, in effetti sembra un po' il verso di un mostro..." disse Jason, grattandosi la testa.

"Guardate cosa ho trovato!" gridò Ryan. Aveva in mando un vecchio **gioco da tavolo** che ricordava il Monopoly.

Gli altri bambini lo imitarono e si **gettarono a capofitto** nelle varie scatole presenti lungo la stanza.

Lidia e Sally furono felici di trovare tante **bambole** mentre i ragazzi trovarono uno skate board e un paio di racchette da tennis con diverse palline.

Quando i genitori di Lidia tornarono a casa, trovarono i bambini ancora lì, persi in quel gioco da tavolo **scovato** per caso da Ryan.

"Vedo che avete trovato i nostri vecchi **giocattoli**" disse la signora Mason esibendo **un grande sorriso**. "Vi state divertendo?"

I bambini le risposero in maniera entusiastica e lei li lasciò promettendo loro di portare la **merenda**.

Poiché i bambini si erano divertiti molto, pochi giorni dopo il signor e la signora Mason proposero ai bambini di far diventare il loro seminterrato una stanza dei giochi. Lidia e Ryan **erano contentissimi** e ovviamente accettarono.

Così, quell'estate il seminterrato di casa Mason fu il ritrovo di Lidia, Ryan e dei loro amici nelle giornate in cui faceva troppo caldo per uscire. Anni dopo, avrebbero ricordato

con affetto quel giorno che iniziò con una caccia al mostro
e che finì invece per trasformarsi in una **caccia al tesoro**.

Vocabulary

Tranquilla - *calm*

La sorella maggiore - *the elder sister*

Seminterrato= *basement*

Ryan sussurrò - *he whispered*

Sobbalzando - *flinching*

Ringhio - *growling*

Persona affamata - *hungry person*

Creature spaventose - *scary creatures*

Ci sgriderà - *She'll scold us*

Timidamente - *shyly*

Spalancando gli occhi - *opening his eyes wide*

L'uomo nero - the *boogeyman*

Tramonto - *sunset*

Perplesso - puzzled

Batterci contro di lui - *we should fight him*

A patto che - *as long as*

Sorellina - *little sister*

Aggiunse - he added

Mestolo da cucina - *kitchen ladle*

Cucchiaio di legno - *wooden spoon*

Gambe tremolanti - *shaking legs*

Recavano - *they went*

Lo circondiamo - *we surround him*

Ginocchio - *knee*

Stinco - *shin*

Fece cenno - *she signalled*

Delusi - *disappointed*

Vuoto - *empty*

Scaldabagno - *water tank*

Gioco da tavolo - *board game*

Si gettarono a capofitto - *they threw themself headlong*

Bambole - *dolls*

Scovato - *found*

Giocattoli - *toys*

Un grande sorriso - *a great smile*

Merenda - *snack*

Erano contentissimi - *they were very happy*

Caccia al tesoro - *treasure hunt*

RIASSUNTO

Durante un sabato pomeriggio, mentre i genitori erano fuori, la casa dei Mason si trasformò in un campo di battaglia per dare la caccia ad un mostro che vive nel seminterrato. Tutto iniziò con dei rumori spaventosi che venivano dalla cantina. I bambini invitarono un paio di amici per combattere l'uomo nero insieme. Pronti per attaccare, il gruppo si intrufolò nel seminterrato ma scoprì presto che non c'era nessuna creatura spaventosa. Il rumore proveniva non da un mostro ma da un vecchio scaldabagno. Tuttavia le avventure erano appena iniziate. Quello che i bambini scoprirono era ancora più eccitante: scatole di vecchi giocattoli, bambole e giochi da tavolo.

SUMMARY OF THE STORY

The Mason household goes on an adventure to fight the monster in the basement while the children's parents are away grocery shopping. It all started with scary noises coming from downstairs and the children decided to take matters into their own hands. They invited a couple friends to join forces and fight the monster as a group. As they rushed downstairs ready to attack, they quickly discovered that there wasn't a single living being in the basement. The noises once thought to be coming from the monster were actually from an old water heater. To their surprise, the adventure was just getting started. What they found was even more exciting: boxes of old toys, jump ropes and board games.

QUESTIONS ABOUT THE STORY

1) Cosa usa Ryan come arma?
- **A.** Una scatoletta di tonno
- **B.** Una spada
- **C.** Uno spazzolino
- **D.** Un cucchiaio di legno

2) Dov'era la sorella maggiore?
- **A.** A scuola
- **B.** In palestra
- **C.** Al supermercato con i suoi genitori
- **D.** Nella sua camera guardando un film

3) Perché i bambini invitano il loro amico Jason?
- **A.** Perché conosce il Karate
- **B.** Parla spagnolo
- **C.** È molto alto
- **D.** Talmente puzzolente da spaventare il mostro

4) Da dove venivano quei rumori spaventosi?
- **A.** Da un gatto
- **B.** Da una televisione
- **C.** Uno scaldabagno
- **D.** Un topo

5) Cosa hanno trovato Lidia e Sally nelle scatole?
- **A.** Un gioco da tavolo
- **B.** Delle carte da gioco
- **C.** Delle bambole
- **D.** Un disco del 1940

Questions About the Story

1) What did Ryan use as a weapon?
>   **A.** A can of tuna
>   **B.** A sword
>   **C.** A toothbrush
>   **D.** A wooden spoon

2) Where was the children's eldest sister?
>   **A.** At school
>   **B.** Running
>   **C.** With their parents grocery shopping
>   **D.** In her room watching a movie

3) Why did the children want their friend Jason to come with them to the basement?
>   **A.** Because he knows karate
>   **B.** He speaks Spanish
>   **C.** He's really tall
>   **D.** He is really stinky and could scare away the monster

4) What was making the scary noises in the basement?
>   **A.** A cat
>   **B.** A television
>   **C.** The water heater
>   **D.** A mouse

5) Lidia and Sally found in the boxes:
>   **A.** A checkers board
>   **B.** Playing cards
>   **C.** Jump rope and rag dolls
>   **D.** A record player from the 1940s

ANSWERS

1) A
2) C
3) C
4) C
5) B

Chapter 7. Tolleranza

Linda e Melissa erano sedute nell'ufficio del direttore, che le guardava **minacciosamente**. Le loro facce erano **coperte di cerotti** e i loro capelli in disordine.

"Bene, ragazze. Perché non mi dite quello che è successo?" chiese il signor Owen con uno sguardo deciso ma non **scortese**. Quando ha iniziato a fare questo lavoro, sperava di non dovere **avere a che fare con** bambini che litigavano tra di loro, ma sapeva che sarebbe stato inevitabile e con il tempo ha accumulato l'esperienza sufficiente per **gestire** questo tipo di situazioni. Non gli piaceva vedere due bambini **azzuffarsi** ma era contento di poter evitare che queste cose potessero ripetersi in futuro.

Dopo la sua richiesta entrambe le ragazze iniziarono a parlare cercando di difendersi. Il direttore poteva soltanto capire alcuni frammenti di quello che le stavano dicendo e decise di interromperle.

"Ragazze" disse il signor Owen ad alta voce. "Una alla volta. Perché non inizi tu, Melissa?"

"**Mi stavo facendo gli affari miei**, mi ero messa a disegnare sul mio **quaderno** dopo aver pranzato quando lei si è seduta vicino a me." La ragazza iniziò a parlare tranquillamente ma la sua irritazione cresceva **man mano che** andava avanti con la sua versione dei fatti. "Ha visto il mio **disegno** e mi ha detto che era brutto. Quando le ho chiesto di **rimangiarsi** le parole lei ha rifiutato e mi ha spinto, dicendo che sono brutta come i miei disegni. Io l'ho spintonata e abbiamo iniziato a **picchiarci**. Ha iniziato lei, è colpa sua!" Melissa concluse la sua versione, e mentre parlava lanciava ogni tanto delle **occhiatacce** verso Linda.

"Capisco. Linda, cosa è successo?" chiese il direttore all'altra bambina.

"Non è vero! Sono andata a parlare con lei, ma non mi rivolgeva la parola e continuava a **scarabocchiare** sul suo quaderno. Allora le ho detto la mia opinione sui suoi disegni, lei si è arrabbiata e mi ha chiesto di rimangiarmi le parole. Io non volevo farlo perché pensavo davvero che i suoi disegni fossero brutti, cosa dovevo fare? Mentire? L'ho **spintonata** via e mi sono alzata quando lei mi ha dato uno spintone e mi ha fatto cadere." Linda, proprio come aveva fatto Melissa, guardava **in cagnesco** la sua nemica mentre raccontava la sua versione.

"Capisco." Il direttore Owen fissò silenziosamente le due ragazzine che sedevano alla sua scrivania. Iniziò a riflettere sulla situazione e quando decise il modo migliore per affrontare la situazione, riprese a parlare. "Mentre aspettiamo i vostri genitori, vi parlerò del vero significato della parola "**tolleranza**". Che ne dite?"

Melissa e Linda annuirono, felici del fatto che non avevano ricevuto nessun tipo di **rimprovero**...o almeno non ancora.

Il signor Owen annuì prima di iniziare. "Tolleranza significa permettere alle altre persone di dire o di fare cose anche se a noi non piacciono. Vuol dire anche trattare le persone con rispetto. Non dovete piacervi a vicenda ma dovete cercare di **rispettarvi a vicenda** e provare ad **andare d'accordo**". Si girò poi verso una delle bambine. "Linda, questo significa che anche se non ti piacciono i disegni di Melissa, non dovresti dirle che sono brutti, perché è una mancanza di rispetto, offensivo e **insolente**. Inoltre, lei non ha chiesto la tua opinione e non avresti dovuto spingerla solo perché ti ha chiesto di **rimangiarti le parole**". Dopodiché si rivolse all'altra bambina. "Melissa, capisco che ti stavi difendendo ma se non volevi che Linda si sedesse vicino a te avresti dovuto dirglielo tranquillamente invece di ignorarla. Avresti anche potuto dire alla maestra che ti aveva spinto invece di ricambiare il gesto di violenza. La nostra scuola non tollera il bullismo e Linda sarebbe stata **giustamente** punita per quello che ha fatto."

Le bambine abbassarono lo sguardo, dispiaciute del loro comportamento.

"Ognuno dovrebbe tollerare gli altri e trattarli con rispetto. Riuscite a capirlo, vero?" chiese il signor Owen con un tono calmo ma deciso.

"Si, signor Owen." Rispose Melissa

"Si, certo" aggiunse Linda

"Adesso c'è qualche cosa che vorresti dire, Linda?"

"Mi dispiace per quello che ho detto. Mi dispiace anche per averti spinto. Non succederà più" disse alla sua compagna di classe.

"E tu, Melissa?" chiese il signor Owen rivolgendosi all'altra bambina.

"Accetto le tue scuse e **mi scuso** per averti ignorata" disse Melissa.

"Molto bene. Adesso che abbiamo risolto questa situazione, pensate di meritare una **punizione** per come vi siete comportate?"

Entrambe annuirono.

"L'obiettivo di una punizione non è farvi del male, ma è insegnarvi che le vostre azioni hanno delle conseguenze.

Se capite questo, non ripeterete il vostro comportamento in futuro."

"Si, signor Owen." Risposero **all'unisono**.

Le bambine credevano che il signor Owen stava sinceramente cercando di insegnare una lezione e capirono che si erano comportate male.

"Molto bene. Adesso di solito vi avrei dato una settimana di **sospensione**, ma visto che avete dimostrato di esservi pentite ed esservi scusate l'una con l'altra, vi darò solo tre giorni a partire dalla prossima settimana" concluse il signor Owen sorridendo.

Proprio quando finì di parlare, il suo assistente bussò alla porta per annunciare l'arrivo dei genitori.

Il papà di Melissa e la mamma di Linda corsero verso le loro bambine a **le abbracciarono**, prima di rivolgersi al direttore e chiedergli cosa fosse successo esattamente.

Il signor Owen spiegò come si erano svolti i fatti e assicurò che **le bambine avevano imparato la lezione**. I genitori espressero il loro **dispiacere** e tutti tornarono a casa.

Qualche giorno dopo, il signor Owen guardò fuori dalla finestra del suo ufficio e vide che i bambini stavano facendo la **ricreazione**. Riconobbe Melissa e Linda che giocavano insieme correndo una dietro l'altra. Sorrise e annuì in segno di approvazione. La tolleranza a volte può far diventare amici quelli che erano i nemici. Era davvero **orgoglioso** che questo era il caso delle due bambine.

VOCABULARY

Minacciosamente - *angrily*

Coperte di cerotti - *covered in band aids*

Scortese - *unkind*

Avere a che fare - *to deal with*

Gestire - *to manage*

Azzuffarsi - *to fight*

Mi stavo facendo gli affari miei - *I was just minding my own business*

Quaderno - skecth book

Man mano che - *gradually*

Disegno - *drawing*

Rimangiarsi - *to take (the words) back*

Picchiarci - *to beat each other up*

Occhiatacce - *angry gazes*

Scarabocchiare - *to scribble*

Spintonata - I pushed her

In cagnesco - angrily

Tolleranza - tolerance

Rimprovero - reprimand

Rispettarvi a vicenda - *to respect each other*

Insolente - insolent

Andare d'accordo - *to get along*

Rimangiarti le parole - *to retract (your) words*

Le bambine abbassarono lo sguardo - *The girls looked down*

Giustamente - *properly*

Mi scuso - *I apologize*

Punizione - punishment

All'unisono - *in unison*

Sospensione - *suspension*

Le abbracciarono - *they hugged them*

Le bambine avevano imparato la lezione - *the girls have learned their lesson*

Ricreazione - *break*

Dispiacere - *sorry*

Orgoglioso - *proud*

RIASSUNTO

Linda e Melissa erano sedute nell'ufficio del direttore mentre si scambiavano sguardi in cagnesco. Entrambe erano arrabbiate per il litigio che avevano appena avuto. Il signor Owen, il direttore della scuola, aveva esperienza con questo tipo di situazioni e pensava che la miglior cosa da fare era dare l'opportunità alle bambine di spiegarsi. Le bambine diedero la propria versione dei fatti: Melissa aveva ferito i sentimenti di Linda perché l'aveva ignorata, e visto che si sentiva ferita Linda reagì con violenza e iniziarono a litigare. Grazie al signor Owen le bambine capirono i loro sbagli e si scusarono. Il direttore diede loro una lezione molto importante sulla tolleranza e su come evitare questo tipo di problemi in futuro.

Summary of the Story

Linda and Melissa sat in the principal's office glaring at each other. Both of them were angry because of the fight they just had. Mr. Owen, the school principal has seen these types of situations before and thought it would be best to let the girls give an explanation. The girls each give their side of the story as Mr. Owen listened intently. Melissa truly hurt Linda's feelings when she ignored Linda. Because Linda's feelings were hurt she reacted with violence and pushed Melissa and before they knew it they began to fight. In the office, the girls came to an understanding and apologized to each other. They were given a very important lesson about tolerance and how to prevent problems from escalating.

QUESTIONS ABOUT THE STORY

1) Cosa stava facendo Melissa all'inizio della storia?
    A. Masticando un chewing gum
    B. Una verifica
    C. Disegnando sul suo quaderno
    D. Un aereo di carta

2) A che ora le bambine hanno iniziato a litigare?
    A. All'inizio delle lezioni
    B. Dopo pranzo
    C. Alla fine delle lezioni
    D. Prima di entrare in classe

3) Cosa ha fatto Melissa per far infastidire Linda?
    A. L'ha ignorata
    B. Ha rubato la sua matita
    C. Ha stracciato i suoi compiti
    D. L'ha presa in giro davanti a tutti

4) Qual è stata la punizione del Signor Owen?
    A. Hanno dovuto lavare i piatti
    B. Sono state sospese dalla scuola
    C. Hanno dovuto fare dei compiti extra
    D. Sono state arrestate

5) Cosa stavano facendo le ragazze quando il signor Owen le ha viste pochi giorni dopo?
    A. Stavano litigando di nuovo
    B. Stavano giocando rincorrendosi
    C. Stavano colorando insieme
    D. Stavano piangendo

1) **At the beginning of the story, what was Melissa doing?**
    A. Chewing gum
    B. Taking a test
    C. Drawing in her sketchbook
    D. Making a paper airplane

2) **At what time in the day did the girls start fighting?**
    A. When school started
    B. After lunch time
    C. When school ended
    D. In the morning before school started

3) **What did Melissa do to Linda that made her upset?**
    A. She ignored her
    B. Stole her pencil
    C. Ripped up her homework
    D. Embarrassed her in front of the entire class

4) **What was the girls' punishment for getting into a fight?**
    A. They had to wash dishes
    B. The were suspended from school
    C. They were given extra homework
    D. They were given detention

5) **What did Mr. Owen see the girls doing a few days later?**
    A. They were fighting again
    B. They were playing tag
    C. The were coloring together
    D. They were still in detention

Answers

1) C
2) B
3) A
4) D
5) C

Chapter 8. Non mollare mai

Kyla si piegò per **allacciarsi le scarpe**, si rialzò e prese il suo pallone da basket prima di uscire di casa.

Restò qualche secondo a **fissare** il pallone, fece un respiro profondo e si incamminò verso la palestra. "Oggi, segnerò!" **promise a se stessa**.

Kyla non voleva mollare. Nonostante fossero passate due settimane da quando era entrata nella squadra non aveva ancora segnato. "Ma è tutto ok", pensava, "alla fine ci riuscirò".

Così, **varcò la porta della palestra** con un **atteggiamento** super positivo. Iniziò a **far rimbalzare** la palla, fece un respiro e si ritrovò di fronte al **tabellone del canestro**. Piegò le ginocchia, alzò le sopracciglia e puntò il canestro. Poi si piegò leggermente in avanti e allungò le braccia per lanciare la palla.

Sospirò guardando la palla rimbalzare sulla parte inferiore del tabellone. Beh, almeno era riuscita a lanciarla abbastanza in alto.

Andò a riprendere il pallone e si rimise in posizione prima di provarci di nuovo. Questa volta però la palla non raggiunse nemmeno il tabellone.

Il viso di Kyla si **intristì**. Andò di nuovo a raccogliere la palla ed affrontare il canestro per la terza volta. Cercò di concentrarsi al massimo ma fallì tristemente per la terza volta.

Ripetette queste azioni per un'ora almeno. Kyla cercava **senza sosta** di mirare il canestro ma il pallone si rifiutava di entrare.

Mentre **beveva** dalla bottiglia d'acqua che aveva portato con sé, fissava il canestro davanti a lei, ricordandosi dei suoi errori che la spingevano a provarci di nuovo. A questo punto, la sua forza di volontà era diminuita. Le gambe **le facevano male**, e le sue braccia **pure**. Era tutta sudata e desiderava tornare a cassa per **fare un bagno** rinfrescante e mangiare poi un bel gelato al pistacchio. Kyla era davvero tentata di **mollare** ma la sua **testardaggine** non glielo permise. "Devo **segnare!**", pensò.

Ci riprovò per un'altra ora e mezza, senza successo. "Qual è il segreto di questo stupido gioco?" si chiedeva. Aveva letto tutti gli articoli che aveva trovato online e ogni giorno guardava delle **video-lezioni** su Youtube seguendoli alla lettera, ma non riusciva ancora a segnare!

Decise di provare qualcosa di diverso e invece di **tirare** dal suo solito posto, ferma di fronte il tabellone, decise di correre verso il **canestro** partendo dall'inizio del campo, ma non ci riuscì lo stesso.

Provò lo stesso metodo per più volte ma prima di raggiungere il canestro, **scivolò e cadde**.

"Basta!" decise Kyla. "Non voglio più farlo! due settimane!" Aveva continuato per quasi due settimane, cercando di far entrare quella stupida palla in quello stupido **cerchio** ma aveva sempre fallito! Basta! Non le importava più che le altre ragazze riuscissero a farlo, voleva solo andare a casa! Si rialzò, si tolse la polvere dalle mani e prese la palla prima di incamminarsi verso la porta. Dopo alcuni passi, cambiò idea e decise di lasciare la palla in palestra. "Lasciamo che la prenda qualcuno che riesca a segnare per davvero!" pensò mentre lanciava con rabbia la palla, segno della sua frustrazione. **Non si accorse** nemmeno che la palla andò a finire contro il tabellone e tornò verso di lei mentre usciva dal campo.

Tuttavia, il rumore della **rete di metallo** che pendeva dal canestro la fecero fermare. Si girò e vide che la rete stava ancora oscillando, suggerendo che era stata toccata dalla palla.

Kyla **aggrottò le sopracciglia**. Era riuscita a segnare? Da quella distanza? UN TIRO DA TRE PUNTI??!!

Cercava di calmarsi. Forse non ci era riuscita, forse la palla aveva solo toccato la rete, senza finire dentro il canestro. Ma non ci era riuscita nemmeno da una distanza molto più breve! Com'era possibile? Erano due settimane che cercava di mandare le palla a quell'altezza!

Pensandoci lei non aveva mai lanciato la palla con tutta quella forza. Andò a prendere la palla e ci riprovò di nuovo. Cercò dentro di sé la rabbia per tirare il pallone con tutta la forza che aveva. **Prese la mira** e tirò.

Kyla **ebbe un sussulto** quando la palla entrò nel canestro e rimbalzo un paio di volte prima di rotolare verso di lei. **Non riusciva** a contenere la sua gioia e si mise a fare un piccolo balletto per festeggiare il suo traguardo. **Ce l'aveva fatta**! Kyla non poteva credere ai suoi occhi! Aveva segnato con **un tiro da tre punti**!

Si piegò per raccogliere la palla e ci provò più volte. Non segnava ad ogni tentativo, ma riusciva a far entrare la palla nel canestro molto spesso. E riusciva a farlo anche da molto **più vicino**!

Un ampio sorriso si stampò sulla sua faccia, mentre continuava a giocare e a tirare. Non si sentiva più inutile, era semplicemente più determinata in quello che faceva! Oh, come era stata **sciocca** a non averlo fatto prima!

Il suo allenamento fu interrotto dagli applausi che provenivano dalle **gradinate**. Si girò per vedere chi la stesse guardando e scoprì che era suo fratello.

"Ben fatto, sorellina" esclamò. "Visto? Te l'avevo detto, potevi farcela! Sono così orgoglioso che non hai mollato!" disse mentre scese per abbracciarla.

E mentre Kyla lo abbracciava, pensò che aveva quasi mollato, ma non c'era bisogno di dirglielo.

"Andiamo, è quasi ora di cena. Andiamo a casa sorellina" disse suo fratello, **scompigliandole** i capelli.

"D'accordo!" rispose lei.

VOCABOLARIO

Allacciarsi le scarpe - *to lace her shoes*

Fissare - *to stare*

Promise a se stessa - *she vowed to herself*

Varcò la porta della palestra - *she entered the gym*

Atteggiamento - *attitude*

Far rimbalzare - *to bounce*

Tabellone del canestro - *backboard*

Intristì - *she frowned*

Senza sosta - *relentlessly*

Beveva - *she drank*

Le gambe le facevano male - *her legs ached*

Pure - *also/too*

Fare un bagno - take a bath

Mollare - *give up*

Testardaggine - *stubborness*

Segnare - *to score*

Video-lezioni - *tutorials*

Tirare - *to shoot*

Canestro - *basket*

Scivolò e cadde - *she slipped and fell down*

Cerchio (del canestro) - *hoops*

Non si accorse - *she didn't notice*

Rete di metallo - *metal chains*

Aggrottò le sopracciglia - *she wrinkled*

Prese la mira - *she took the aim*

Ebbe un sussulto - *she gasped*

Non riusciva - *she couldn't help*

Ce l'aveva fatta - *she made it*

Più vicino - *closer*

Un ampio sorriso si stampò sulla sua fronte - a *wide grin broke through her face*

Sciocca - *silly*

Un tiro da tre punti - *a three pointer*

Gradinate - *stands*

Scompigliandole i capelli - *ruffling her hair*

Kyla era entrata nella squadra di basket due settimane prima e aveva davvero bisogno di allenarsi. Ma nonostante i suoi innumerevoli tentativi non riusciva nemmeno e centrar e il canestro. Iniziò a provarci più e più volte, sperando di segnare. Aveva anche cercato su Internet, guardando video e leggendo articoli per perfezionare il suo tiro. Prima di lasciare definitivamente la palestra, lanciò la palla senza guardare ed improvvisamente sentì un suono: la palla era finita dentro il canestro. Ce l'aveva fatta! Non poteva crederci! Voleva assicurarsi di non essere stata solo fortunata così iniziò a tirare, riuscendo a segnare più volte. Aveva così scoperto che con tenacia e determinazione si può ottenere tutto quello che si vuole.

Summary of the Story

There Kyla was in the gym, all by herself with the basketball. She had just joined the basketball team two weeks ago and really needed to practice. She threw the basketball... and missed the shot. She threw the basketball again... and missed the shot... She kept trying again and again, hoping she would finally discover the secret. She even searched all over the Internet, watching videos, reading articles and books on how to perfect her shot. When she left after admitting defeat, she threw the ball without looking and suddenly heard a "swoosh" sound as the ball went through the hoop. She really did it! She couldn't believe it! She wanted to make sure it wasn't just luck so she gave it a few more attempts. What she had discovered was that with a bit of persistence and tenacity, anything can be accomplished.

QUESTIONS ABOUT THE STORY

1) **Da quanto tempo Kyla faceva parte della squadra di basket?**
   A. 1 anno
   B. 2 settimane
   C. 2 mesi
   D. 1 settimana

2) **Dove ha cercato per migliorare il suo tiro?**
   A. Articoli online
   B. Libri
   C. Youtube
   D. Tutti e tre

3) **Quanti punti ha fatto quando è riuscita a segnare per la prima volta?**
   A. 2
   B. 1
   C. 3
   D. 4

4) **Cosa voleva fare Kyla una volta tornata a casa?**
   A. Mangiare un gelato
   B. Giocare ai videogiochi
   C. Fare un bagno
   D. A e C

5) **Chi era con lei in palestra?**
   A. Il suo migliore amico
   B. Sua sorella
   C. Suo fratello
   D. Il direttore della scuola

Questions About the Story

1) **How long was Kyla on the basketball team?**
    - **A.** 1 year
    - **B.** 2 weeks
    - **C.** 2 months
    - **D.** 1 week

2) **Where did Kyla try to find advice?**
    - **A.** Articles online
    - **B.** Books
    - **C.** YouTube
    - **D.** All of the above

3) **How many points did Kyla score when he made the ball the first time?**
    - **A.** 2
    - **B.** 1
    - **C.** 3
    - **D.** 4

4) **What did Kyla want to do when he got home?**
    - **A.** Eat ice cream
    - **B.** Playing video games
    - **C.** take a bath
    - **D.** Both A and C

5) **Who was cheering for her at the gym?**
    - **A.** Her best friend
    - **B.** Her sister
    - **C.** Her brother
    - **D.** The school principal

ANSWERS

1) B
2) D
3) C
4) D
5) C

Chapter 9. Tale Padre Tale Figlio

Il signor Richard Talbot si grattava la punta del naso mentre guardava suo figlio Devin fare i **capricci**. Gli stava venendo un forte **mal di testa**. Aveva detto a suo figlio che non poteva rimanere in giro con la sua bici quando fuori era buio. Devin non era molto d'accordo con questa decisione ed espresse il suo dispiacere piangendo e urlando e **dimenandosi** sul pavimento. La signora Talbot era occupata lavorando nel suo studio, e quindi toccava a Richard affrontare la questione.

"Devin, **per favore**! Domani potrai andare a giocare fuori di nuovo. **Di giorno**!" disse ad alta voce cercando di farsi sentire tra le urla di suo figlio.

"No!" urlava Devin. "Voglio andarci adesso!" aggiunse, accompagnando ogni parola con un **calcio**.

"Non puoi. Cerca di calmarti, **giovanotto**!" esclamò Richard, mentre la sua mente tornò a quando lui stesso era un bambino e ascoltava le stesse parole da suo padre. Sospirò a quello spiacevole déja vu.

Richard dovette ammettere che all'età di sette anni era davvero una **peste**. Gli venne in mente che venina spesso

rimproverato e **messo in castigo** per alcuni comportamenti. Sua madre gli ripeteva che era una peste e suo padre concordava con lei. Pensandoci, anche lui era d'accordo con sua madre.

Nonostante i suoi genitori non lo **viziassero**, secondo lui aveva sempre ragione. Non importava il fatto che lui fosse un bambino e i suoi genitori fossero degli adulti: se loro **gli proibivano** di fare qualcosa, diventavano all'istante dei genitori cattivi senza cuore. Allora lui iniziava a lamentarsi lanciando oggetti, gettandosi a terra e urlando.

Un giorno, il piccolo Ricky Talbot decise che **ne aveva abbastanza**. Prese il suo zaino, il suo cappello e le sue scarpe, ruppe il suo **salvadanaio a forma di porcellino** e decide di scappare via di casa.

Basta punizioni. Basta rifiuti. Basta rimproveri. Da quel momento in poi andava a vivere da solo!

Salì su un autobus che si dirigeva verso un **paese** vicino e sorrise all'**autista** che rimase un momento confuso. Ricky vide passare le case del **quartiere** dal finestrino, si sentì un po' triste ma alla fine la sua eccitazione **ebbe la meglio**.

Quando arrivò a destinazione, iniziò a **girovagare** per quella cittadina sconosciuta. Gli piaceva camminare tra quelle strade che non aveva mai visto, finché iniziò ad **aver fame** e si accorse di aver speso tutti i soldi per pagare il

biglietto. Ricky ebbe paura e ricordò quello che sua madre gli diceva sui bambini che non mangiavano. Non voleva morire di fame!

Si rese conto che stava facendo buio, che non aveva nessun posto per dormire e che non conosceva nessuno in quel paesino. Si ricordò poi che i suoi genitori gli dicevano spesso di non parlare agli estranei e iniziò ad avere paura.

Non sapeva nemmeno come tornare a casa. Non ricordava dove fosse la stazione dei bus e non ricordava nemmeno il **numero di telefono di casa**. Così non gli rimase che piangere in mezzo al **marciapiede** finché una persona che passava si accorse di lui e lo accompagnò alla **stazione di polizia**. Lì mangiò qualcosa e aspettò i suoi genitori che erano stati contattati dai poliziotti.

Quando arrivarono, lo abbracciarono e gli dissero che erano molto preoccupati perché lo avevano cercato per tutto il pomeriggio. Una volta arrivati a casa, gli fecero **una bella lavata di capo** e lo misero in castigo per un mese.

Dopo aver lasciato i suoi **ricordi** da bambino, Richard guardò attentamente suo figlio che continuava a piangere. Poteva rimproverarlo o dirgli che sarebbe stato messo in punizione ma i suoi ricordi gli suggerivano che Devin lo avrebbe odiato, anche solo per un attimo, e lui non voleva questo. Voleva essere un padre migliore rispetto al suo.

Anche se suo padre aveva tutto il diritto di **rimproverarlo** e di metterlo in castigo, non gli aveva mai spiegato il motivo di quelle punizioni.

Così, si sedette di fronte a suo figlio e gli poggiò una mano sulla spalla. Il bambino smise per un attimo di **piangere**.

"D'accordo, Devin. Vuoi che ti dica perché non puoi andare là fuori quando è buio?" disse Richard **pacatamente**.

Devin annuì **tirando su col naso**.

"A quest'ora, non ci sono molte persone in strada" iniziò Richard. "E alcune di quelle che ci sono, possono essere **cattive e pericolose**. Persone che possono fare del male a bambini indifesi come te."

Il volto di Devin assunse un'espressione **pensierosa.**

"Non ti facciamo andare lì fuori a quest'ora perché non vogliamo che ti succeda qualcosa di male, lo capisci questo?" disse Richard.

"Si, papà" **mormorò** Devin abbassando lo sguardo.

"Ora, ci rimane ancora un po' di tempo prima di **cenare**, che ne dici se giochiamo un po' con la Xbox? Ti piacerebbe?

"Si!" rispose il figlio in maniera decisamente più entusiastica.

E con un sorriso di soddisfazione, padre e figlio si incamminarono verso il **soggiorno** per giocare insieme.

Vocabulary

Capricci - *tantrum*

Mal di testa - *headache*

Dimenandosi - *throwing himself on the ground*

Per favore - *please*

Di giorno - *daytime*

Calcio - *kick*

Giovanotto - young man

Peste - *trouble-making child*

Rimproverato e **messo in castigo** - *being scolded and grounded*

Viziare - *to spoil*

Gli proibivano - *they refused him anything*

Ne aveva abbastanza - *he had had enough*

Salvadanaio a forma di porcellino - *piggy bank*

Paese - *town*

Autista - *driver*

Quartiere *neighborhood*

Ebbe la meglio - *it prevailed*

Girovagare - *to walk around*

Avere fame - *to get hungry*

Biglietto - *ticket*

Numero di telefono di casa - *house's phone number*

Marciapiede - *sidewalk*

Una bella lavata di capo - a good ear lashing

Stazione di polizia - *police station*

Ricordi - *memories*

Piangere - *to cry*

Pacatamente - *calmly*

Rimproverarlo - *to scold him*

Tirando su col naso - *sniffling*

Cattive e pericolose - *bad and dangerous (people)*

Pensierosa - *pensive*

Mormorò - *he muttered*

Cenare - *to dine*

Soggiorno - *living room*

RIASSUNTO

Da bambini spesso non capiamo perché i nostri genitori fanno determinate cose, specialmente quando ci danno qualche punizione o ci vietano di fare alcune cose. Questo è il caso del piccolo Devin e di suo padre Richard. Devin non capiva perché non poteva uscire a giocare con la sua bici quando fuori era buio. Così si mise a urlare e a dimenarsi a terra. Guardando quella scena Richard si mise a pensare alla sua infanzia, quando una volta scappò via di casa perché i suoi genitori gli proibivano di fare certe cose. Così Richard prese la decisione di essere un padre migliore per suo figlio e gli spiegò perché certe cose non si possono fare. Devin capì e decisero di giocare insieme con la sua Xbox prima di cenare.

Summary of the Story

As children we don't always understand why our parents do the things they do. Especially when they are giving a punishment or placing restrictions on what we're allowed to do. This was just the case with Devin and his father Richard. Devin didn't understand why he wasn't allowed to ride his bike outside after dark. Heartbroken he sat crying on the floor. As Richard reflected upon his own childhood, he remembered how he once ran away from home because his parents were also strict and did not allow him to do certain things. When Richard snapped back into reality, he made a decision to be a better father to his son and explain *why* it is important that Devin is not permitted to go outside after dark.

Questions About the Story

1) Perché Devin vuole uscire fuori quando è buio?
- **A.** Per giocare a nascondino
- **B.** Per fare un giro in bici
- **C.** Per giocare con i suoi amici
- **D.** Per andare al casinó

2) Quanti anni aveva Richard quando scappò via di casa?
- **A.** Cinque
- **B.** Dodici
- **C.** Sette
- **D.** Sei

3) Perché Richard non voleva far uscire Devin?
- **A.** Perché è pericoloso uscire quando fuori è buio
- **B.** Era quasi ora di cena
- **C.** Devin doveva fare i compiti
- **D.** Devin doveva pulire la sua cameretta

4) Dov'era Richard quando i suoi genitori andarono a prenderlo?
- **A.** Alla stazione di polizia
- **B.** Al supermercato
- **C.** Al cinema
- **D.** In una soffitta

5) Cosa decisero di fare Devin e suo padre prima di cena?
- **A.** Giocare a scacchi
- **B.** Pulire la stanza
- **C.** Guardare la tv insieme
- **D.** Giocare con l'Xbox

QUESTIONS ABOUT THE STORY

1) What did Devin want to do after dark?
- **A.** Play hide and seek
- **B.** Ride his bike
- **C.** Play with his friends
- **D.** Go to the casino and play blackjack

2) How old was Richard when he ran away?
- **A.** Five years old
- **B.** Twelve years old
- **C.** Seven years old
- **D.** Six years old

3) Why didn't Richard let his son Devin go outside after dark?
- **A.** He wanted to keep Devin safe
- **B.** It was almost dinner time
- **C.** Devin needed to do homework
- **D.** It was time to clean his room

4) Where was Richard when his parents came to pick him up?
- **A.** At the police station
- **B.** At the grocery store
- **C.** At the movies
- **D.** Hiding in the attic

5) What did Devin and his father decide to do before dinner?
- **A.** Play a game of checkers
- **B.** Clean his room
- **C.** Watch TV together
- **D.** Play Xbox

ANSWERS

124

1) B
2) C
3) A
4) A
5) D

CHAPTER 10. LA CASA SULL'ALBERO

Ariel **ansimava** mentre lasciava cadere a terra degli **assi di legno** che aveva trasportato dal garage di casa fino al **giardino**. Guardò l'albero che aveva di fronte e cercava di capire come avrebbe dovuto agire.

"Hey Ariel! Cosa stai facendo?" le chiese il suo amico Will. Ariel si girò e vide il suo **amichetto** con altri bambini. Erano venuti per giocare con lei.

Ma Ariel non aveva tempo per giocare quel giorno perché aveva un'importante missione da **compiere**. Voleva costruire una **casa sull'albero**. Una tutta per sé! E glielo disse ai bambini che la aspettavano fuori.

"Che bello! Ti aiuteremo!" disse Cassidy sorridendo.

Gli altri due non ebbero il tempo di parlare che subito Ariel **rifiutò l'offerta**.

"No! È una cosa che dovrò fare da sola. Voi potete venire a giocare una volta finito" disse con uno **sguardo deciso** prima di aggiungere con un sorriso "ci divertiremo **un sacco!**"

Cassidy e Will si guardarono, sorpresi del fatto che Ariel non voleva essere aiutata.

"Sei sicura Ariel? Non è facile costruire una casa sull'albero, di sicuro avrai bisogno di aiuto." Disse Jeremy, l'altro amico che era venuto a trovarla con Cass e Will.

"Non ti preoccupare, ce la farò. Voi giocate con Roxy mentre io mi **do da fare**" disse Ariel indicando il suo cane che stava dormendo **beatamente**.

Capendo che non potevano convincerla, i bambini la lasciarono lavorare e andarono a giocare con il trampolino posizionato in mezzo al **giardino**, evitando di disturbare Roxy.

Contenta di poter lavorare in pace, Ariel si **chinò** per raccogliere i suoi **attrezzi** e uno degli assi di legno. Visto che era la cosa più logica da fare, scelse di iniziare a costruire la **scala**.

Sorrise mentre riuscì ad inchiodare la prima **lastra** sul tronco dell'albero. Visto? Poteva farlo da sola, era facile, pensò mentre raccolse un altro pezzo di legno e poi un altro ancora. Dopo un po' di tempo finì di costruire le scale che portavano ai rami di quel grande albero.

Ariel scese e prese due pannelli grandi per costruire il pavimento della casa, ma si rese conto che erano piuttosto **pesanti** e che avrebbe dovuto scendere e salire dall'albero più volte.

Dopo averli raccolti li mise sopra i due rami più grandi e cercò di legarli con una corda, ma i pannelli continuavano a muoversi e non riusciva a tenerli fermi. **Sbuffò** esasperata e decise di andare avanti per fare qualcos'altro.

Allora prese la corda e cercò di lanciarla oltre il ramo più alto dove voleva mettere un'altalena. Tuttavia si rese conto che la corda era troppo corta. Si voltò e vide i bambini che stavano giocando sul trampolino e notò che Jeremy era molto più alto di lei. Pensò quindi che lui sarebbe stato capace di legare la corda, e che Will e Cassidy avrebbero potuto aiutarla a tenere uniti i **pannelli**. E uno di loro poteva anche aiutarla a portare il resto dei pannelli sul **ramo**.

Sospirò. Aveva risposto **in maniera arrogante** quando loro si erano proposti di aiutarla, dicendo che era capace di far tutto da sola. E invece adesso non era nemmeno capace di chiedere aiuto senza essere presa in giro.

Era scoraggiata. Portò le sue **ginocchia** al petto e strinse le braccia attorno alle gambe, appoggiò la testa sul tronco dell'albero e sospirò ancora **chiudendo gli occhi**.

"Sai Ariel, non è un problema **chiedere aiuto** ogni tanto" disse Cassidy, facendola saltare per lo spavento.

"Hey attenta!" disse Jeremy, **afferrandole** il braccio per non farla cadere.

Così i due amici salirono sull'albero e si sedettero attorno a lei.

"Cassidy ha ragione, noi siamo amici" urlò Will da giù. "Volete che porti una di queste lassù?" chiese indicando l'**ammasso** di pannelli di legno ai suoi piedi.

Ariel sorrise grata prima di guardare giù verso Will ed annuire.

Tutti i bambini si misero a lavorare: Jeremy **sollevò** Cassidy per riuscire a legare la corda al ramo, mentre Will e Ariel costruirono il pavimento della casa. Una teneva insieme i pannelli per non farli muovere e l'altro li **inchiodava**. A Jeremy venne anche l'idea di usare le corde per raccogliere i pannelli direttamente da sopra l'albero, invece di scendere e prenderli **uno per volta**.

Non riuscirono a finire quel giorno, ma il lavoro era quasi completato. Il giorno dopo, i bambini chiesero al padre di Ariel di aiutarli a **segare alcuni rami** e ad usare il trapano per attaccare il muro della casa al tronco.

Quando tutto era pronto, i bambini inaugurarono la casa mangiando una **torta** fatta dalla mamma di Ariel con un bel bicchiere di limonata. Ariel si rese conto che non c'è niente di male nel chiedere aiuto alle persone a cui vuoi bene. Alla fine, lei era veramente **orgogliosa** della sua casa sull'albero, forse ancora di più perché aveva condiviso quell'esperienza con i suoi migliori amici!

VOCABULARY

Ansimava - *she huffed*

Assi di legno - *wooden boards*

Giardino - *garden/backyard*

Compiere - *to accomplish*

Casa sull'albero - *three house*

Rifiutò l'offerta - *she rejected the offer*

Sguardo deciso - firm look

Un sacco - *a lot*

Io mi do da fare - *I work hard*

Beatamente - *comfortably*

Giardino - *backyard*

Chinò - *she bent down*

Attrezzi - *tools*

Scala - ladder

Lastra - *board*

In maniera arrogante - *impolitely*

Ginocchia - *knees*

Afferrandole - *grabbing*

Scoraggiata - *discouraged*

Chiudendo gli occhi - *closing her eyes*

Chiedere aiuto - *to ask for help*

Ammasso - *pile*

Sollevò - *he lifted up*

Rope - *corda*

Ramo - *branch*

Pannelli - *panels*

Pesanti - *heavy*

Sbuffò - *she snorted*

Amichetto - *little friend*

Inchiodare - *to nail*

Uno per volta - *one by one*

Segare alcuni rami - *to saw off the branches*

Torta - *cake*

Orgogliosa - *proud*

RIASSUNTO

Ariel era determinata a portare a termine il suo obiettivo: costruire una casa sull'albero da sola. Quando i suoi amici scoprirono il suo intento si offrirono di aiutarla. Tuttavia Ariel decise di fare tutto da sola. Non voleva nessun aiuto. Però la bambina si rese presto conto che costruire una casa sull'albero era qualcosa di molto difficile e complicato. Infatti, Ariel era troppo bassa per raggiungere alcuni punti dell'albero e non abbastanza forte da sollevare alcuni pannelli di legno. Ma con l'aiuto dei suoi amici queste cose potevano essere fatte molto più facilmente. Per fortuna i suoi amici si resero conto della situazione e offrirono ancora una volta il loro aiuto. Quel giorno Ariel scoprì l'importanza di avere amici e di persone che le vogliono bene.

SUMMARY OF THE STORY

Ariel is determined to accomplish a single goal no matter what; She is going to build a tree house all by herself. When her friends figure out what she is up to, they gladly offer to help. However, she decides that this task needs to be done by her and her alone. She didn't want anyone's help. She soon realizes that this task of building a tree house proved to be a little more difficult than she anticipated. In fact, she was too short to reach some areas and not strong enough to lift a few of the wooden pieces. But with some help from her friends she could easily achieve her goal. Thankfully her friends come to her rescue and once again offer their help. That day Ariel discovered how valuable it is to have friends and people she cares about in her life.

QUESTIONS ABOUT THE STORY

1) Qual è l'obiettivo di Ariel?
- **A.** Diventare una spia
- **B.** Trattenere il respiro sott'acqua per 5 minuti
- **C.** Costruire una casa sull'albero
- **D.** Fare una torta

2) Chi è Roxy?
- **A.** La madre di Ariel
- **B.** Una vicina
- **C.** Il patrigno di Ariel
- **D.** Il cane di Ariel

3) Mentre Ariel costruiva la casa sull'albero, cosa facevano gli amici?
- **A.** Saltavano sul trampolino
- **B.** Giocavano a tris
- **C.** Giocavano ai video games
- **D.** Dormivano

4) Chi è il bambino più alto?
- **A.** Ariel
- **B.** Roxy
- **C.** Jeremy
- **D.** Cassidy

5) Come inaugurano la casa i bambini?
- **A.** Vanno in un bar
- **B.** Mangiano una torta e bevono limonata
- **C.** Danno una festa
- **D.** Cantano al karaoke

QUESTIONS ABOUT THE STORY

1) **What was Ariel's important mission to accomplish?**

    A. Learn how to become a spy
    B. Hold her breath under water for 5 minutes
    C. Build a tree house
    D. Set a world record

2) **Who is Roxy?**

    A. Ariel's mother
    B. A neighbor
    C. Ariel's step-father
    D. Ariel's dog

3) **While Ariel was building the tree house, what were her friends doing?**

    A. Jumping on the trampoline
    B. Playing tic-tac-toe
    C. Inside the house playing video games
    D. At home sleeping

4) **Who was the tallest of all the kids?**

    A. Ariel
    B. Roxy
    C. Jeremy
    D. Cassidy

5) **How did the children celebrate after building the tree house together?**

    A. They went to the bar
    B. They ate cake and drank lemonade
    C. They had a dance party
    D. They sang karaoke

ANSWERS

1) C
2) D
3) A
4) C
5) B

Conclusion

Congratulations reader, you made it!

At this point we have shared some laughs, learned some Italian and more importantly had fun. From here we recommend that you go back through the stories and read them again as your comprehension has surely improved and you're bound to pick up something you may not have seen the first time. The best way to learn this material is through repetition and understanding the words in context. With your expanded vocabulary and improved Italian skills we also encourage you to even write your own stories! We want to thank you for reading our book and we truly hope you had a wonderful time and learned something new with our Italian Short Stories.

Keep an eye out for more books in the series as our mission is to serve you, the reader with engaging, fun language learning material.

ABOUT THE AUTHOR

Touri is an innovative language education brand that is disrupting the way we learn languages. Touri has a mission to make sure language learning is not just easier but engaging and a ton of fun.

Besides the excellent books that they create, Touri also has an active website, which offers live fun and immersive 1-on-1 online language lessons with native instructors at nearly anytime of the day.

Additionally, Touri provides the best tips to improving your memory retention, confidence while speaking and fast track your progress on your journey to fluency.

Check out https://touri.co for more information.

OTHER BOOKS BY TOURI

ITALIAN

Conversational Italian Dialogues: 50 Italian Conversations and Short Stories

Italian Short Stories (Volume 1): 10 Exciting Short Stories to Easily Learn Italian & Improve Your Vocabulary

GERMAN

Conversational German Dialogues: 50 German Conversations and Short Stories

German Short Stories (Volume 1): 10 Exciting Short Stories to Easily Learn German & Improve Your Vocabulary

SPANISH

Conversational Spanish Dialogues: 50 Spanish Conversations and Short Stories

Spanish Short Stories (Volume 1): 10 Exciting Short Stories to Easily Learn Spanish & Improve Your Vocabulary

Spanish Short Stories (Volume 2): 10 Exciting Short Stories to Easily Learn Spanish & Improve Your Vocabulary

Intermediate Spanish Short Stories (Volume 1): 10 Amazing Short Tales to Learn Spanish & Quickly Grow Your Vocabulary the Fun Way!

Intermediate Spanish Short Stories (Volume 2): 10 Amazing Short Tales to Learn Spanish & Quickly Grow Your Vocabulary the Fun Way!

100 Days of Real World Spanish: Useful Words & Phrases for All Levels to Help You Become Fluent Faster

100 Day Medical Spanish Challenge: Daily List of Relevant Medical Spanish Words & Phrases to Help You Become Fluent

FRENCH

Conversational French Dialogues: 50 French Conversations and Short Stories

French Short Stories for Beginners (Volume 1): 10 Exciting Short Stories to Easily Learn French & Improve Your Vocabulary

French Short Stories for Beginners (Volume 2): 10 Exciting Short Stories to Easily Learn French & Improve Your Vocabulary

Intermediate French Short Stories (Volume 1): 10 Amazing Short Tales to Learn French & Quickly Grow Your Vocabulary the Fun Way!

PORTUGUESE

Conversational Portuguese Dialogues: 50 Portuguese Conversations and Short Stories

ARABIC

Conversational Arabic Dialogues: 50 Arabic Conversations and Short Stories

RUSSIAN

Conversational Russian Dialogues: 50 Russian Conversations and Short Stories

CHINESE

Conversational Chinese Dialogues: 50 Chinese Conversations and Short Stories

ONE LAST THING…

If you enjoyed this book or found it, useful we would be very grateful if you posted a short review on Amazon.

Your support really does make a difference and we read all the reviews personally. Your feedback will make this book even better.

Thanks again for your support!

WANT THE NEXT ITALIAN BOOK

FOR FREE?

http://bit.ly/2JmvMaz-italian-ss-beg-vol1